JOHANNES WIEDLICH

CHAINS

Lass [nicht] los!

Johannes Wiedlich

CHAINS

Lass [nicht] los!

-Jugendroman-

ISBN 978-3-945711-14-9 (Taschenbuch)
ISBN 978-3-945711-17-0 (ePub)
ISBN 978-3-945711-18-7 (kindle Edition)

Text: Johannes Wiedlich
Cover Design: Silke Weßner, 2017
Druck: M.P. Media-Print Informationstechnologie GmbH, Paderborn
- Originalausgabe -
1. Auflage 2017

www.thekla-verlag.de

Thekla Verlag

1

Bitte. Danke. Das war doch nicht nötig. Innerhalb der letzten Monate hatte ich einige Sätze verinnerlicht. Pleasantries. Höflichkeitsfloskeln. Verbale Diarrhö, wie ich es nannte. Aber was sollte man machen? Wurde man gefragt, wie es einem ging und ob man eine gute Reise gehabt hatte, konnte man schlecht antworten: Das geht dich einen feuchten Dreck an! Wo ist mein Zimmer? Nein. Gar nicht gut. Also setzte ich ein Lächeln auf und legte mir eine dieser Plattitüden auf der Zunge zurecht. Und schluckte sie gleich wieder runter, als Sirin mir die Tür öffnete, und ich anstatt mit einer Begrüßung mit einem mehrstimmigen Singsang empfangen wurde.

»Muss nicht!«

»Auch nicht!«

»Muss nicht!«

Muss nicht? Muss was nicht? Ich öffnete den Mund und schloss ihn wieder. Wie ein gestrandeter Goldfisch. Sirin machte eine einladende Handbewegung. In echt sah sie erfreulicherweise nicht so verzerrt und aufgeblasen aus wie über Skype. Was für eine Webcam benutzte sie? Modell Vorkriegszeit? Fischauge? Egal, unwichtig. Zögernd trat ich ein. Für eine Studenten-WG war es erstaunlich sauber und aufgeräumt. Wer war wohl der Hausdrache? Sirin? Die kleine Sportliche mit den kurzgeschnittenen Haaren in der 90er-Jahre-Adidas-Trainingshose, oder der bärige Typ mit dem rotgefärbten Vollbart? Letzterer wohl eher weniger. Obwohl. Man konnte sich in solchen Belangen extrem täuschen. Links von mir befand sich eine offene Küchenzeile. Alte, weiße Hängeschränke, die wahllos bekritzelt waren. Worte. Durchgestrichen, unterstrichen, mit Ausrufezeichen markiert. Was war das? Graffiti? Einkaufszettel? Kurios! Und vor mir lag das Wohnzimmer. Oder der Gemeinschaftsraum. Wie auch immer man es nennen wollte. Die Möbel waren bunt gemischt und passten nicht wirklich zueinander. Ein kleiner, grüngeblümter Zweisitzer, ein schwarzer Kunstledersessel ohne Beine, zwei Nierentische, die wahrscheinlich tatsächlich seit den 60er-Jahren überlebt hatten, und die obligatorische Ikea-Couch, die in keiner WG fehlen durfte. Sirin schob meine Koffer um die Ecke und führte mich ins Zimmer hinein, wo ich tausend Mal meinen Namen sagte und mindestens genauso viele Hände schüttelte. Glücklicherweise nur Hände. Ich war definitiv keiner dieser Küsschen-rechts-Küsschen-links-Typen. Man merkte es mir vermutlich an. Ich war heillos überfordert, und die Müdigkeit nach dem langen Flug tat ihr Übriges, um mich knatschig wirken zu lassen. Warum war ich nochmal hier? Ja, richtig. Weil ich ein unterkühltes Arschloch war und dringend unter Leute gehen musste. Die Worte meiner Mutter, nicht meine. Minus der Betitelung als Arschloch. Sowas sagten Mütter nicht. Dachten es aber sehr wohl. Mütter logen auch, dass sich die Balken bogen, so nebenbei bemerkt. Meiner ging es nämlich nur äußerst nebensächlich um meine nur mäßig vorhandenen Social Skills. Vielmehr ging es darum, dass ich auszog. Damit sie und ihr Lover nackt durchs Wohnzimmer tanzen konnten. Woher ich das so genau wusste? Wenn Mütter lieber schwiegen als eine spitze Bemerkung zu kommentieren, sagte das in der Regel mehr als tausend Worte. Whatever. Never mind. Es half ja ohnehin nichts. Ich saß für mindestens ein Semester in einem fremden Land fest, musste eine Sprache sprechen, die nicht meine Muttersprache war, und außerdem in einer Kommune hausen und mich von einem Typen mit gefärbtem Bart anstarren lassen. Prima. Ich war ein Glückskind. Nicht. Sirin war auf jeden Fall die Redseligste von allen. Vielleicht sprach sie auch einfach am besten Englisch und fühlte sich deshalb dazu genötigt, meine Fremdenführerin zu spielen. Ich fragte nicht, sondern lief ihr und den anderen einfach hinterher. Der rotbärtige Robert und die Trainingshosen-Karla bewohnten die Zimmer links des Wohnzimmers, Sirins lag rechts davon. Um zu meinem Zimmer zu gelangen, musste man durch einen schmalen Gang hindurch und an einem Badezimmer für Zwerge vorbei. Man fühlte sich ein bisschen wie in einem Hamsterkäfig. Nur das Laufrad fehlte. Obwohl. Möglicherweise stand es in Karlas vier Wänden. Konnte gut und gerne sein. Sie war ganz offensichtlich ein Fitnessfreak: Männerfrisur. Kein Arsch. Keine Titten. Ungeschminkt. Nach einer guten halben Stunde des Zuhörens, Nickens und Zwangslächelns seufzte ich und zog die Kapuze meines Pullovers tief ins Gesicht. Sirin lächelte und schubste mich sanft am Ellenbogen.

»Sleepy?«

»Totally exhausted, to be honest.«

Damit war ich entlassen. Zumindest vorerst.

Klapperndes Geschirr und laute Stimmen rissen mich aus dem Schlaf. Mein Nacken spannte, der Kopf dröhnte und mein Mund fühlte sich an, als hätte ich eine Socke gefrühstückt. Eine rotgeringelte. Holy crap on a cracker! Dieses Bett und ich würden gewiss keine Freunde werden. War ich miesepetrig? Ja. War das Bett wirklich schuld? Eher weniger. Ich zog mir einen Pullover über, steckte die Hände in die Hosentaschen und begab mich auf feindliches Gebiet. Die WG hatte über Nacht Zuwachs bekommen. Am Küchentisch saß die Punk-Version eines Schlumpfes und stritt sich ganz offensichtlich mit Sirin. Der Typ hatte leuchtendblau gefärbte Haare, trug ein schwarzweiß gestreiftes T-Shirt, eine zerrissene, graue Jeans, keinen Gürtel, aber als Ersatz für einen solchen, mindestens zwanzig Meter Ketten, und ein Paar total eingewatzte Turnschuhe. Die Schuhe thronten gerade auf dem Esstisch, was vermutlich auch der Grund des Theaters war. Oder der Grund war das Clavinova E-Piano, das mitten im Wohnzimmer stand und am Abend zuvor definitiv noch nicht da war. Ich war nicht sicher. Sirin spuckte jedenfalls Gift. Und rechts von mir wurde laut eine Tür zugeknallt. Robert oder Karla? Keine Ahnung. Es bedeutete aber bestimmt: Ruhe da draußen! Ich kaute auf meiner Lippe und wusste nicht, ob ich mich bemerkbar oder lieber aus dem Staub machen sollte. Letztendlich klopfte ich sachte an die Wand und hob die Hand zum Gruß, als Sirin mich bemerkte. Im Sonnenlicht, das durchs Küchenfenster schien, schimmerte ihre Haut golden, wie weiches Karamell, und das lange, glatte Haar rabenschwarz. Wie aus einem dieser Bollywood-Filme ausgeschnitten. Ob sie wirklich indische Wurzeln hatte, wusste ich nicht. Aber vermutlich war das die letzte Frage, die ich in diesem Augenblick stellen sollte. Wir kannten alle das Sprichwort vom Tropfen, der das Fass zum Überlaufen brachte. Für diesen Tropfen war hier der Typ in Blau zuständig. Und ich wollte nicht riskieren, mich bereits an Tag Eins in die Reihen der Nervensägen und Querulanten einzugliedern. Punk-Rock-Schlumpf nutzte die Gelegenheit, um Sirins Schimpftirade zu unterbrechen, und deutete mit ausgestrecktem Zeigefinger auf mich. Die Augen weit aufgerissen, kicherte er hysterisch, und klatschte dann begeistert in die Hände.

»Muss nicht!«

Ich starrte ihn an.

»What?«

»Ich muss nicht! Du bist der Letzte.«

Okay. Alles klar. Hatte ich was verpasst? Ich versuchte es noch einmal.

»What?«

Er deutete zum E-Piano und ich fuhr dümmlich mit meinen Ein-Wort-Fragen fort.

»Katze?«

Wie blöd war ich denn? Natürlich war das eine Katze. Eine mopsige, schwarze Katze, die unter dem Instrument saß und ihre Pfoten putzte.

»Nein.«

»What?«

Herrgott nochmal! Es wurde höchste Zeit, dass ich mir selbst eine schallende Ohrfeige verpasste, mich zusammenriss und mit dieser idiotischen Stammelei aufhörte. Ich war völlig irritiert, und der Typ fand das offenbar sehr amüsant. Er lachte, ging zum Klavier und hob die Katze auf seinen Arm. Zumindest Sirins Problem war an dieser Stelle gelöst. Die Schuhe waren vom Tisch. Er zog das Tier leicht am Ohr und grinste frech.

»Nein. That's what we call him. It's his name.«

Damit drückte er mir das struppige Vieh in die Hände

und polterte davon. Die rasselnden Ketten machten einen höllischen Radau. Gerade als ich Sirin fragen wollte, was um alles in der Welt hier vor sich ging, kam er nochmals zurückgehuscht und klopfte mir auf die Schulter.

»I'm Luka by the way. Schön, dich kennenzulernen, Schneewittchen.«

Und zack. Weg war er wieder. What the fuck? Also ... im Ernst ... What? The? Actual? Fuck? Ich setzte die zappelnde Katze, die eigentlich ein Kater war, auf dem Boden ab und ließ mich auf einen Küchenstuhl sinken. Half Haareraufen? Vermutlich nicht. Ich tat es trotzdem. Sirin schob mir eine Tasse Kaffee zu und setzte sich.

»Das war Luka.«

Mokant zog ich eine Augenbraue in die Höhe.

»Na, so viel hab ich kapiert.«

Die Fremdenführerin zuckte entschuldigend mit den Schultern.

»Er wohnt im Zimmer neben dir.«

Danke. Das war's. In welcher Reihe musste man sich anstellen, um erschossen zu werden? Ich musste also nicht nur ein Semester in einer fremdländischen Kommune in Liliputgröße hausen, nein, nebenan wohnte auch die blaue Pestilenz mit der rauchigen Stimme. Abhaken. Weitermachen. Ich rieb mir mit den Handballen feste übers Gesicht und zog die Kapuze meines Pullovers bis über die Augen. Eine sinnlose und dumme Angewohnheit, die erstaunlicherweise ein gewisses Maß an

Sicherheit verlieh. Ich sah die Welt nicht, die Welt sah mich nicht. War natürlich völliger Schwachsinn. Aber festgefahrene Ticks ließen sich nur extrem schwer ablegen. Ich nippte am Kaffee und stählte mich mental gegen alles, was noch kommen mochte.

»Allright. Basic rules? Wie funktioniert das hier?«

Dafür, dass Sirin zunächst behauptete, ich solle mir nicht so viele Gedanken machen, ich befände mich schließlich nur in einer Studenten-WG und nicht in Alcatraz, quälten wir uns erstaunlich lange durch Einkaufszyklen, Putzpläne und diverse Befindlichkeiten der einzelnen Mitbewohner. Karla, die Sportskanone, beispielsweise war so gut wie nie daheim, weil sie die meiste Zeit bei ihrem Freund verbrachte. Trotzdem hielt sie sich an die Regeln und wurde nur dann ungemütlich, wenn man ohne Erlaubnis ihre Gemüse-Smoothies trank. Was sagte mir das? Finger weg vom Grünzeug. Gut. Damit konnte ich leben. Robert schien ein Zocker zu sein. Wenn man nicht von Panzerfäusten und vollautomatischen Waffen geweckt werden wollte, musste man ihn zwingen, seine Kopfhörer zu benutzen. Zu dieser Information nickte ich tonlos. Das schien mir ein Frauenproblem zu sein. Vermutlich konnte ich mit Shotguns genauso leben wie mit Gemüse-Abstinenz. Zu sich selbst erzählte Sirin nicht viel. Sie mochte es, wenn alles in geregelten Bahnen lief. Hm. Das machte sie zur Anwärterin Nummer Eins auf den Platz des Hausdrachens.

»Und Luka?«

Sirin schnaubte. Danke. Keine weiteren Ausführungen nötig. Das erklärte die frostige Stimmung zwischen den beiden. Und dann war da noch das haarige Vieh mit dem unsäglichen Namen. Kater Nein. Ich deutete auf das Fellknäuel, das gerade seine Krallen an dem beinlosen Sessel schärfte.

»Wem gehört er?«

»Weiß ich nicht.«

Wusste sie nicht? Ich sah sie abschätzig an und wartete.

»Er war vor uns hier. Wer ihn mitgebracht hat, wissen wir nicht. Das hier ist eine WG. Leute kommen und gehen. Der Kater bleibt.«

Das war ein Scherz, oder? Sirin knüllte einen Supermarktprospekt zusammen und schmiss den Ball an den Sessel. Kater Nein war sichtlich unbeeindruckt, und meine Fremdenführerin knirschte mit den Zähnen, ehe sie fortfuhr.

»Jedenfalls unterliegt der Kater jetzt deiner Verantwortung.«

»What?«

»Du musst dich um ihn kümmern.«

»What?«

Da waren wir wieder bei meiner stupiden Einsilbigkeit.

»Die Muss-nicht-Regel. Ich hatte dir über Skype erzählt, dass wir hier sowas Ähnliches wie die Shotgun-

oder Bitch-seat-Regel haben. Quasi in umgekehrt. Erinnerst du dich?«

Ja, ich erinnerte mich. Dunkel. Sehr dunkel. Diese Information fiel damals definitiv unter die Rubrik: Keine Ahnung, was du da redest, aber ich lächle vorsichtshalber. Sirin hob erneut entschuldigend die Schultern. Konnte sie vielleicht mal damit aufhören? Wie scheinheilig war das denn?

»Die anderen waren halt schneller.«

Ach komm, hör doch auf! Die hübsche Fremdenführerin entwickelte sich in rasender Geschwindigkeit zum Staatsfeind Nummer Eins. Bitch. Ich hatte auf jeden Fall jetzt schon die Schnauze voll. Ja, ich hatte meiner Mutter versprochen, der ganzen Sache eine Chance zu geben. Ja, ich hatte ihr auch versprochen, freundlich und zuvorkommend zu sein. Aber wen interessierte das schon? Insbesondere, wenn man mit Katzendreck konfrontiert war. Jetzt schlug es aber dreizehn!

»Fuck ...«

You. Wollte ich meiner Entrüstung Luft machen, wurde aber dadurch unterbrochen, dass Sirin eine Plastikkarte aus einem Umschlag zog und vor mir auf dem Tisch platzierte.

»Hier. Deine SIM-Karte. Die Nummer steht hinten drauf. Ich lade dich in den WG-Chat ein, sobald du die Karte aktiviert hast.«

»... the stupid cat.«

Beendete ich den zuvor begonnenen Satz feige. Mehr hatte ich nicht zu sagen. Danke schön wäre nett gewesen. Aber eher biss ich mir die Zunge ab. Ich griff nach der SIM-Karte und ging.

Mit meinem Schlüsselanhänger rubbelte ich die PIN frei und schob den Chip ins Handy. Adressbuch übernehmen? Ich fuhr mir mit einer Hand durch die Haare und kaute auf meiner Lippe. Im Endeffekt drückte ich auf o.k. und begann die Adressliste einzeln durchzuklicken, als alle Daten hochgeladen waren. Mom? Delete! Zoey? Löschen. Caren? Wer zum Teufel war das? Auch löschen. Meine Schwester? Ich knurrte innerlich. Nur für den ganz äußersten Notfall behalten. Tom, Diana und Chris? Weg damit! Blieben Ethan und Jake. Jake und Ethan. Ethan und Jake. Die beiden Namen rotierten in meinem Kopf. Im Prinzip war es doch ganz simpel. Die Guten ins Töpfchen, die Schlechten ins Kröpfchen. Verdammt! Ich drückte auf speichern, warf das Handy auf den Schreibtisch und legte mich wieder ins Bett. Der Jetlag trug nicht gerade dazu bei, meine Stimmung zu heben.

Ich blinzelte, schaute auf meine Armbanduhr. Es war früher Nachmittag. Vor meinem Zimmer jammerte der

Kater. Blödes Vieh. Ich zog mir das Kissen über den Kopf und schloss die Augen. Als ich Stunden später wieder aufwachte, war es draußen duster und aus dem Nachbarzimmer kam Klaviergeklimper. Dissonante Töne. Dur-Akkorde, Moll-Akkorde. Basslinien, die nicht das begleiteten, was Melodie hätte sein sollen, Blues-Tonleitern, dann gängige Fingerübungen. Unfassbar. Es bereitete mir Zahnschmerzen. Okay, gelogen. Aber es machte mich wach genug, als dass ich nicht mehr ignorieren konnte, dass ich pinkeln musste. Als ich aus dem Bad kam, fiel mir das gelbe Post-It an meiner Zimmertür auf:

- Die Katze ist gefüttert -

Aha. Da hatte wohl jemand Mitleid mit dem Flohhotel. Hat er Glück gehabt. Ich hatte jedenfalls nicht vor, mir das Tier so einfach ans Bein binden zu lassen. Augenrollend riss ich den Zettel ab und ließ ihn zerknüllt in meiner Hosentasche verschwinden. Das E-Piano wechselte seinen Klang von Clean zu Streicher, dann zu Hörner und wieder zurück zum Streicher-Ensemble. Vorne im Wohnzimmerbereich knallte eine Tür, dann übertönte Roberts genervte Stimme das Clavinova.

»Alter! Spiel irgendwas oder lass es bleiben. Der Scheiß kocht einem ja das Hirn weich.«

Das entlockte mir tatsächlich ein Schmunzeln. Den Konzertpianisten juckte Roberts Ausruf aber nicht die

Bohne. Wie eine Dampflok kam mein rotbärtiger Mitbewohner um die Ecke gepoltert. In der einen Hand hielt er einen Kopfhörer, mit der anderen holte er aus und war drauf und dran einen Schuh in meine Richtung zu werfen. Er hielt in letzter Sekunde inne und rieb sich den Bart mit dem Handrücken. Entschuldigend verzog er die Mundwinkel.

»Eine Runde Unreal Tournament?«

Das war der erste sinnvolle Satz, den ich an diesem Tag gehört hatte. Auf jeden Fall!

»I'll just ...«

Robert kapierte, was ich sagen wollte. Cleveres Kind. Er ging zurück in sein Zimmer, und ich huschte schnell in meines, um mein Handy zu holen. Es blinkte. WG-Chat. Du wurdest zur Gruppe hinzugefügt. Ich rollte mit den Augen und nahm die Einladung an. Eine andere Wahl hatte ich wohl kaum. Den Titel des Chats änderte ich augenblicklich von WG-Chat zu Alcatraz. Man sollte Dinge immer beim Namen nennen. Wenn ich mich nicht arg täuschte, hörte ich wenige Sekunden darauf ein lautes Lachen aus dem Nebenzimmer.

In Roberts Zimmer gab es weder Licht noch Sauerstoff. Dafür umso mehr Rauchschwaden, die verdächtig süßlich rochen. Ach was! Es roch tiefgrün. Das Zimmer war unvermietbar. Ausgeschlossen, dass dort nochmal jemand einziehen würde, der nicht demselben Zeitvertreib nachging. Kapitän Rotbart hing ganz gechillt in einem Sitzsack, Joint im Mundwinkel und Bierflasche in der Armbeuge.

»Setz dich.«

Er deutete auf den zweiten Sitzsack und hielt mir den Joint hin. Ich kaute meine Unterlippe blutig und schluckte hart. Das war jetzt nicht wahr, oder? Wieso? Wieso musste ich dieser WG zugeteilt werden, und nicht beispielsweise einer dieser aufgeblasenen Snobs, die mich bei der Vorbereitungsveranstaltung so genervt hatten? Wieso konnte ich nicht in ein Haus ziehen, in dem ganz gesittete und langweilige Menschen wohnten? Welche, die vorzugsweise Null-Komma-Null Interesse an mir hatten. Wieso? Simple Antwort. Weil ich so nicht funktionierte. Weil das Universum ein Steinbruch war und es lustig fand, mir Felsbrocken vor die Füße zu rollen. Ich musste natürlich in einer Gemeinschaft aus Verrückten, seelenlosen Tieren und Kiffern landen. Selbstverständlich. Ich stand kurz davor, einfach alles über den Haufen zu werfen, was ich mir innerhalb der letzten Jahre mühsam antrainiert hatte. Es gab einige Dinge, die hinter mir lagen und vorzugsweise auch genau dort bleiben sollten. Verdammte Axt! Clean war hier das Zauberwort. Keine Drogen, kein Alkohol. Herrgott, ich rauchte ja nicht einmal mehr. Ich zwang mich also, unter Aufbringung all meiner Willenskraft, den Kopf zu schütteln. Und Robert tauschte stumm den angebotenen Joint gegen Keyboard und Maus. Die Frage nach dem Warum stand ihm ins Gesicht geschrieben, aber er stellte sie nicht. Vermutlich machte ihn das Gras zu träge. War mir nur recht so. Robert zog einen niedrigen Couchtisch hinter seinem Bett hervor und platzierte ihn zwischen den beiden Sitzsäcken. Währenddessen entwirrte ich den Kabelsalat und holte beide Bildschirme nach vorne. Sie passten gerade so Rücken an Rücken auf den kleinen Tisch. Robert schob seinen Sitzsack bis an den Kleiderschrank, ich meinen bis ans Bett. Auf diese Weise konnten wir uns in die winzige, freie Fläche am Boden quetschen, ohne dass der eine den Bildschirm des anderen einsehen konnte. Nicht gerade eine Kampfpose, aber man war ja flexibel. Alles eine Sache der Vorstellungskraft. Die Tür war geschlossen, das Licht gelöscht. Die Welt ausschalten und ganz auf den Bildschirm konzentrieren. Drei, Zwei, Eins. Go!

»Oh come on! You gotta be kidding me.«

Robert lachte hämisch.

»Stirb! Bitch!«

»Das gibt's doch gar nicht!«

»Friss das, motherfucker!«

Ich raufte mir die Haare. Das konnte doch alles nicht wahr sein. Ich war der Master of UT. Welcome to Liandri, motherfucker! Ich kannte jedes verdammte Pixel auf dieser Map. Jake, Ethan und ich hatten dieses Spiel bis zum Erbrechen gezockt. You killed! Das sollte in leuchtenden Lettern in der Mitte am oberen Rand meines Bildschirms stehen. Sollte! Tat es aber nicht. Warum? Wurde ich gerade von einem bekifften Teddybär fertiggemacht? Das ging ja mal gar nicht. In meinem Kopf ratterten die Zahnräder. Rüstung? Faktisch inexistent. Lebenspunkte? Fuck. Me. Ich brauchte eine neue Strategie, und zwar eine verdammt gute. Zu viel Chaos. Zu viele Wenns und Abers. Im rechten Augenwinkel hatte ich die Waffenauswahl und ging im Kopf meine Möglichkeiten durch. Zu wenig Grün, zu wenig Gelb. Welche Möglichkeiten? Gott, war das zum Kotzen! Ich scrollte hoch, dann wieder runter und kaute auf meiner Lippe. Flak Cannon? Minigun? Sniper Rifle? Das machte alles keinen Sinn. Der Kapitän war einfach schneller. Womöglich hatte auch der Dunst des Zimmers auf mich eingewirkt. Oder es war der blöde Sitzsack! Wie sollte man auch aus einem blöden Sitzsack heraus zocken? Klar hatte Robert Vorteile, wenn er das gewohnt war. Ja, ja. Konnte ich mir alles einreden. Aber: Es. Half. Alles. Nichts. Ich kniff die Augen zusammen und fluchte lauthals.

»Fuck that shit! Rematch!«

Revanche. Rückspiel. Rematch. Forderungen, die sich langsam, aber sicher zu geflügelten Worten entwickelten. Auf meiner Seite. Ich wurde zusehends lauter und gereizter. Robert lauter und amüsierter. Das Keyboard landete mehr als nur ein Mal am anderen Ende des Zimmers. Ebenso hörten wir mehr als ein Mal Sirins genervte Stimme draußen vor der Tür. Die sollte mal lieber die Füße stillhalten. Mir erst diese Katze auf den Hals hetzen, und jetzt auch noch die Zicke raushängen lassen. Robert öffnete eine Flasche Bier, schob sie mir zu, und ich ignorierte sie. Obwohl ich stark vermutete, dass sich die Niederlagen, die ich gerade erleiden musste, nach dieser Flasche Bier eventuell besser ertragen ließen. Trotzdem.

»Alter, ist das dein erstes Mal?«

»Shut up!«

»Nee. Ernsthaft. Mit welchen Noobs hast du denn gezockt?«

Ich hielt inne und kassierte prompt den nächsten Kopfschuss. Depp! Der Noob war doch wohl er. Ich steckte schließlich nur in einem Formtief. Der sollte sich in eine dieser fliegenden Sardinenbüchsen setzen, stundenlang unterwegs sein, am Zielort nicht wirklich zur Ruhe kommen und dann gegen mich zocken. Dann würde die Welt schon ganz anders aussehen. Vermutlich sah ich nach Außen hin sehr ehrgeizig aus. Tatsächlich ließ ich mich einfach leicht provozieren, und wir bissen uns beide fest.

Nach einiger Zeit begann ich daran zu zweifeln, dass es sich tatsächlich um das Spiel handelte, das ich kannte. Es war zu neunundneunzig Prozent identisch. Was für mich allerdings neu erschien, waren diverse Geräusche und Kommentare aus dem Off. Rhythmisches Grollen.

Klirren und Rasseln. Worte, die ich nicht verstand oder gar einordnen konnte. War das überhaupt UT? Alles äußerst merkwürdig. Und was bewegte sich da? Erdbeben? Hatte das Keyboard eine Vibrationsfunktion? Gab es sowas überhaupt? Ich erschrak zu Tode, als ich registrierte, dass ich an der Schulter geschüttelt wurde.

»Hey, Schneewittchen.«

»What the ... what?«

Ich blinzelte und identifizierte das mysteriöse Grollen. Es war Robert, der nach hinten über seinen Sitzsack gekippt war und laut schnarchte. Das erklärte natürlich auch alles andere. Wir waren mitten im Match eingeschlafen, wir tapferen Helden. Luka strich mit seiner Hand durch meine Haare und ich wurde schlagartig hellwach. Ich schlug seine Hand weg und funkelte ihn böse an. War der noch ganz dicht? Was sollte das?

»Geh schlafen. Du brichst dir hier das Genick.«

»Was geht's dich an?«

»Ich hab keine Lust, mir morgen die Heulerei anhören zu müssen, Schätzchen.«

»Schätzchen?«

»Na, komm schon, Snow White. Lass den Dicken hier liegen und geh schlafen.«

»Aber ...«

»Der ist das gewöhnt. Jetzt komm schon.«

Um ein Haar hätte ich die Hand angenommen, die er mir entgegenstreckte, um mir aufzuhelfen. Angesäuert knurrte ich, und rollte mich grazil wie ein Elefant beim Baden vom Sitzsack. Ich steckte mein Handy ein, das neben mir auf dem Boden lag, und schlich tonlos Luka hinterher, der das Licht löschte und den armen Robert tatsächlich einfach so liegenließ. Vor meiner Zimmertür sah er mich abschätzig an, schüttelte dann leicht den Kopf, was von einem leisen Rasseln begleitet wurde, und ging eine Tür weiter.

»See ya, Snow White.«

Eher hätte ich mir die Zunge abgebissen, als darauf zu antworten. Ich kickte die Tür zu. Kaum zwei Minuten später ging das Klaviergeklimper wieder los. Leiser als am Nachmittag, aber hörbar. So viel zum Thema Schlaf. Das war doch ein Witz. Ich schob die Koffer beiseite, die immer noch mitten im Raum standen, legte mich aufs Bett und tippte auf meinem Handy herum. Ich war noch nicht lang genug hier, um offiziell meckern zu dürfen, also öffnete ich den Chat mit meiner Schwester erst gar nicht. Keine Lust, mir auch auf diese Entfernung noch den Kopf waschen zu lassen. Um die Nachricht von der unbekannten Nummer schlich ich herum. Konnte nur Sirin sein. Sie wohnte drei Zimmer weiter. Wieso schriftlich? Wollte ich das wirklich öffnen? Nein. War es trotzdem angebracht? Wahrscheinlich. Ich wischte mir mit dem Handrücken über die Unterlippe. Rot. Mann, das nervte! Ich leckte den Blutstropfen weg und tippte auf die Nachricht.

NR UNBEKANNT & DU

Anbei die Visitenkarten aller WG Mitglieder. Bitte die Nummern speichern. LG Sirin. (20:10)

Aha. Keine Antwort nötig. Wunderbar. Löschen und ignorieren? Ich fühlte den mentalen Schlag, den mir meine Schwester ins Genick geben würde, und entschied mich dagegen. Heruntergeladene Nummern speichern? Ja. Mein Adressbuch verfügte nun also über vier neue Kontakte: Miss Bollywood, Kapitän Rotbart, Sporty Spice und der Kettenschlumpf. Irgendwo am anderen Ende dieser Welt würde man vermutlich für das Pflegen solcher Beziehungen hingerichtet werden. Zack. Ab mit dem Kopf. Wie bei Alice im Wunderland. Hier ging man davon aus, dass mir das guttun würde. Die Welt war verrückt. Nebenan spielte der blaue Kettenrassler *Lalelu – Nur der Mann im Mond schaut zu* auf dem Klavier. Ich wusste nicht, ob ich laut lachen, oder ihn erwürgen sollte. Der Typ hatte definitiv ein Rad ab. Ich drehte mich auf die Seite, klickte einen Chat auf und tippte.

ETHAN & DU

Come and save me? These people are sick. Please? (01:17)

2

Die ersten Tage waren schwierig. Falsch. Sie waren die Hölle. Man hatte einiges zu tun, wenn man der Neue war. Menschen und die Umgebung kennenlernen, Einführungsveranstaltungen an der Uni besuchen, Kurse wählen. Sachen kaufen, die man trotz Liste zu Hause vergessen hatte, Sachen kaufen, die man bewusst zurückgelassen hatte und nun merkte, dass man sie doch benötigte. Nichts zustande kriegen und in Panik den nächsten Flug nach Hause buchen. Solche Dinge. Alles total aufregend, spannend und zuweilen grotesk. Das wäre okay gewesen. Vermutlich. Stattdessen war ich damit beschäftigt, mich mit Händen und Füßen gegen unverschämte Dreistigkeiten zu wehren. Schätzchen. Honey. Cupcake. Nur eine kleine Auswahl der Spitznamen, die Luka mir innerhalb der vergangenen Tage gegeben hatte. Zwischenzeitlich bezweifelte ich ernsthaft, dass er meinen Namen überhaupt kannte. Wenn nötig, würde ich ihn sogar buchstabieren. M.A.T.T.H.E.W. Matthew. Oder Matt. Super simpel. Wo lag sein gottverfluchtes Problem? Never mind.

An diesem Morgen stand ich in Unterwäsche und mit triefenden Haaren in der Küche und tobte, weil Luka wenige Minuten zuvor wie ein Irrer an die Badezimmertür gehämmert und gebrüllt hatte, ich solle mich beeilen und rauskommen. Warum? Brannte es? Hatte er sich verletzt und brauchte Hilfe? Keine Ahnung. Blöd wie ich war, spülte ich mir rasch das Shampoo aus den Haaren, quetschte mich in meine Shorts und eilte in die Küche. Der blaugefärbte Möchtegern-Punk saß im Schneidersitz auf dem Küchentisch und grinste frech.

»Reg dich doch nicht so auf, Sweetheart.«

Ich schnaubte verächtlich. Den ein oder anderen Nicknamen verwendete er kontinuierlich, andere tauchten einmal auf und verschwanden dann vollständig und endgültig im muffigen Grab der spitzen Bemerkungen und halbherzigen Zuneigungen. Hoffentlich war Sweetheart einer der Letzteren. Egal. Die Wasserlache unter meinen Füßen wurde zusehends größer. Luka räusperte sich, blickte zwischen mir und dem Küchenboden hin und her und hauchte mir mit seiner kehligen Stimme Offensichtliches entgegen.

»Schneewittchen. Du tropfst.«

War ja klar. Ausgerechnet das Schneewittchen blieb. Oder Snow White. Ganz wie es dem Herrn der Ketten beliebte. Hinter mir klapperte eine Tür. Auf. Zu. Ich konnte es Robert nicht verdenken. Wer wollte schon Zeuge der allmorgendlichen Dramen werden? Karla hatte ich seit meiner Ankunft nicht mehr gesehen. Sirin hatte in den letzten Tagen immer früh das Haus verlassen, weshalb ich davon ausging, dass sie gar nicht da war. Und Robert hatte uns eben unmissverständlich klargemacht, was er von unserem Theater hielt. Luka warf ein Küchenhandtuch vor meine Füße und zeigte auf die Uhr am Herd.

»Zieh dich an. Wir müssen los.«

»Wohin?«

»Na, zu deiner Einführungsveranstaltung.«

»Wir? Was willst du da?«

»Du bist heute echt nicht auf der Höhe, Snow White. Ich will dich begleiten.«

Mein Unterkiefer klappte bis auf den Boden. Ungläubig starrte ich Luka an, während er in aller Seelenruhe vom Tisch rutschte, ein Glas aus dem Küchenschrank holte, Wasser aus dem Hahn hineinlaufen ließ, aus der kleinen Schublade neben dem Herd eine Packung Paracetamol fischte und eine Tablette mit einem Schluck Wasser hinunterwürgte. Er wusch sich die Hände und zerzauste mit nassen Fingern seine blauen Fransen. Der perfekte Out-of-bed-Look. Möglicherweise wollte er damit nur kaschieren, dass er sich nicht gewaschen hatte. Keine Ahnung. Als er sich umdrehte und feststellte, dass ich immer noch wie angewurzelt am selben Fleck stand, sah er mich aus großen, funkelnden Augen an.

»Na, was denn? Los jetzt! Wenn du nicht weißt, was du anziehen sollst: Das weinrote T-Shirt war gut. The burgundy one. Understand?«

Selbstverständlich verstand ich. Ich war ja nicht total bekloppt. Außerdem benötigte ich keine Modetipps von jemandem, der Ketten aus dem Baumarkt als Gürtel benutzte. Thank you very much. Das war aber nicht der Punkt. Ich ließ mich schon wieder vom Eigentlichen ablenken. Nämlich davon, dass Luka mich am Arm gepackt hatte und durch den Gemeinschaftsraum zu meinem Zimmer zog. Ich schüttelte grob seine Hand ab und verschränkte die Arme. Sehr überzeugend, wenn man halb nackt und nass im Flur herumstand.

»Why?«

»Because it looked good on you.«

Das hatte ich übrigens auch innerhalb der letzten Tage gelernt. Der blaue Kettenschlumpf sprach ganz passabel Englisch. Immer, wenn ich ihm zu langsam war, oder er das Gefühl hatte, ich verstand nur Bahnhof, wiederholte er mir die Essenz der Unterhaltung, oder in unserem Falle eher des Streitgespräches, auf Englisch. Völlig unnötig. Natürlich kapierte ich, was er von mir wollte. Ebenso kapierte ich, dass er ganz genau wusste, dass meine Frage nicht auf das dämliche T-Shirt abzielte. Er wollte mir nur auf den Keks gehen.

»Warum willst du mitkommen?«

Luka zuckte mit den Schultern.

»A pretty girl like you shouldn't be left alone.«

What the fuck? Ernsthaft? Das hatte er nicht wirklich

gesagt, oder? Da fiel man doch glatt vom Glauben ab.

Ein Regenschirm gehörte zu den Dingen, die ich bewusst zu Hause gelassen hatte, im Glauben, ich würde ihn nicht benötigen. Zumindest nicht sofort. Falsch gedacht. Es regnete wie aus Kannen. Die Haare zu föhnen, hätte ich mir sparen können. Luka trottete neben mir her und fand das Wetter offenbar total prima. Wir sahen nach zehn Minuten Fußweg bereits aus wie die Schweine, weil er wirklich keine einzige Pfütze ausließ. Anlauf und volle Lotte mitten in die Wasserlache. Wir waren noch nicht an der Uni angekommen und ich war schon der verdreckte Aussätzige. Sollten wir jemals dort ankommen. Ich hatte mir den Weg auf Google Maps angeschaut. Wo auch immer mich Luka hin zerrte, es war entweder nicht die Uni oder ein wahnwitziger Umweg. Zu meiner Überraschung schwieg meine selbsternannte Begleitung die meiste Zeit. Manchmal deutete er um eine Ecke, manchmal ging er einfach davon aus, dass ich ihm folgen würde, und sprintete voraus. Eine Weile folgten wir der Straßenbahnlinie, was mir die Orientierung erleichterte. Dem Kopfsteinpflaster nach zu urteilen, waren wir auf dem Weg in die Altstadt. Die Straßen waren schmal, und rechts und links der Schienen reihte sich Boutique an Boutique. Darunter war sogar ein Hutladen. Kaufte man heutzutage noch Hüte? Oder war das einer dieser unscheinbaren Läden, die im Keller Geldwäsche betrieben? Beides lag im Bereich des Möglichen. Wir passierten eine große Kirche, die ich für den Dom hielt, aber eines besseren belehrt wurde. Der Dom lag einige hundert Meter weiter rechts. Man konnte ihn durch die Häuserreihen erspähen. Die Kirche war um ein Vielfaches pompöser als der echte Dom. Ich hätte meinen Arsch darauf verwetten können, dass die Touristen hier immer das falsche Bauwerk fotografierten. Danach verließen wir für eine Weile die Stadtmitte und kamen zum Flussufer. Dort standen erstaunlich viele Baukräne. Möglicherweise für Brückenarbeiten. Ich wusste es nicht, aber ich fragte auch nicht. Einige Schiffe fuhren flussabwärts und irgendein Verrückter paddelte trotz dieses Wetters mit dem Kanu auf dem unruhigen Gewässer herum. Am anderen Ende der Brücke angekommen, bog Luka rechts in eine Gasse ein und öffnete die Tür zu einer winzigen Bäckerei. Die Türglocke klingelte, und aus dem Hinterzimmer rief eine weibliche Stimme, sie würde gleich bei uns sein. Die Ladenfenster gingen fast bis zum Boden hinunter und auf den breiten Fensterbänken lagen Kissen. Luka zog am Automaten zwei Becher Kaffee und deutete auf die improvisierte Bank im Schaufenster. Ich nahm den einen Becher entgegen, nippte daran und setzte mich.

»Was machen wir hier?«

In diesem Augenblick kam eine ältere, rundliche Dame

aus dem Hinterzimmer, deren Augen aufleuchteten, als sie uns sah. Uns? Nein. Als sie Luka sah, denn offenbar kannten sie sich. Sie eilte nochmals nach hinten und kam wenige Augenblicke später mit zwei gefüllten Bäckertüten zurück. Eine drückte sie Luka, eine mir in die Hand, murmelte etwas bezüglich des Backofens und der Spülmaschine und verschwand wieder. Luka fischte eine gigantische Schokoladenpyramide aus seiner Tüte und stopfte sich die Spitze in den Mund. Ich starrte ihn mal wieder dümmlich an, während er mit der Hand in der Luft herum wedelte und seine Ketten klirren ließ.

»Frühstück. Iss.«

Ich spähte in meine Tüte und schüttelte den Kopf.

»Der bloße Anblick bereitet mir Zahnschmerzen.«

»Blödsinn. Iss.«

»Das ist mehr Schokolade, als man in seinem ganzen Leben essen sollte.«

Luka verdrehte die Augen.

»Red keinen Quatsch und iss endlich.«

Ich aß. Widerwillig. Aber was sollte ich schon tun? Den Müll brachte Luka anschließend hinterm Tresen in den Papierkorb und verschwand kurz in den Raum, in dem ich die Dame vermutete. Dann gingen wir. Was war mit der Rechnung? Ich war verwirrt. Aber ich sagte nichts. Luka führte uns denselben Weg zurück, den wir gekommen waren, machte aber mitten auf der Brücke kurz Halt. Er beugte sich über das Geländer und zog eine durchsichtige Plastiktüte aus seiner Hosentasche. Brotkrumen? Was sollte das? Spielten wir jetzt Schnitzeljagd? Oder Hänsel und Gretel? Nichts dergleichen. Er fütterte tonlos die Enten, die unter der Brücke im Regen schwammen, und lief dann weiter. Wir schlugen ein paar Haken durch winzige Gässchen mit uralten Fachwerkhäusern, kleinen Kneipen und Spelunken, und kamen schließlich wieder an der Kirche heraus, die nicht der Dom war. Der heftige Wolkenbruch war zwar vorbei, es nieselte aber immer noch. Erneut folgten wir der Straßenbahnlinie, und so langsam beschlich mich der Gedanke, dass ich hier gerade eine Stadtführung bekam. Auf die besondere Luka-Art und Weise. Der Typ hatte echt einen am Sträußchen. Hätte er das nicht einfach sagen können? Wenn ich ganz ehrlich mit mir selbst war, lautete die Antwort: Nein. Hätte er nicht. Zumindest nicht mit diesem Ergebnis, weil ich sicherlich abgelehnt hätte. Das passte mir natürlich überhaupt nicht. Am Ende musste ich mich auch noch dafür bedanken, dass ich hier gerade nass bis auf die Knochen durch die Stadt hechtete. Luka blieb abrupt stehen und deutete über die Straße.

»Das noch. Danach gehen wir zur Uni.«

Music! prangte in roten Lettern auf der Schaufensterscheibe eines Instrumentengeschäfts. Ich klemmte mir die Haare hinter die Ohren und stöhnte innerlich. Wollte er die armen Leute hier genauso quälen wie die WG die vergangenen Tage? Luka schnappte mich am Hemd und zog mich auf die automatischen Schiebetüren zu, die sich mit einem leisen Klackern öffneten. Konnte er vielleicht endlich damit aufhören, mich ständig durch die Gegend zu schubsen? Was sollte dieses ständige Antatschen? Ich lief ihm doch ohnehin schon den ganzen Morgen hinterher wie ein räudiger Köter. War das nicht genug? Offenbar nicht. Zu meinem Erstaunen führte er uns schnurstracks an den auf Hochglanz polierten Tasteninstrumenten vorbei ins Obergeschoss. Dort breitete er grinsend die Arme aus und drehte sich rasselnd im Kreis.

»Voilà! Such dir was aus!«

Ich staunte mit offenem Mund. Weniger, weil der ganze Saal mit Gitarren vollgestellt war. E-Gitarren, Westerngitarren, klassische Konzertgitarren, Flamencogitarren und einige Modelle, die mehr Designerstück waren als Instrument. Ich fiel nicht aus allen Wolken, weil ich so etwas noch nie gesehen hatte. Blödsinn. Ich kam ja nicht vom Ende der Welt. Ich kriegte einfach nicht auf die Kette, woher er wusste, dass ich spielte.

»Wie ...?«

Ich stammelte Wortfetzen vor mich hin.

»Quatsch nicht. Spiel.«

Ich schnappte mir eine Gibson LP Studio und folgte Luka in die Klangkabine. Eine Weile hörte er mir zu, dann ging er wortlos.

Die Einführungsveranstaltung fand im alten Teil der Universität statt. Ich mutmaßte, es war früher ein Kloster gewesen. Ein verwinkelter Sandsteinbau mit vielen Erkern und Türmen und einem großen Innenhof, der bereits voller Menschen war, als wir dort ankamen. Ich erwischte mich dabei, wie ich näher an Luka heranrückte, um ihn in diesem Getümmel nicht zu verlieren. Als wäre diese Überlegung nicht schon schlimm genug, ertappte ich mich auch bei dem Gedanken, dass ich eventuell doch auf ihn hätte hören und das weinrote T-Shirt hätte tragen sollen. Wahrscheinlich wäre alles besser gewesen als das durchnässte Hemd, das ich trug, und an dem zu allem Überfluss auch noch mindestens drei Knöpfe fehlten. Hier waren alle so geschniegelt und gebügelt, dass wir völlig deplatziert wirkten. Luka in seinen zerrissenen Jeans und den Ketten sowieso, aber jetzt natürlich auch ich. Wir gingen durch das schmiedeeiserne Tor, an der Bibliothek vorbei und in den zweiten Stock hinauf. Was wollten all diese Menschen hier? War das immer so? Das gefiel mir ganz und gar nicht. Menschenmassen waren nicht so mein Ding. Wenn ich ehrlich war, waren Menschen im Allgemeinen nicht so mein Ding. Aber das musste man ja nicht gleich raushängen lassen. In einer Nische vor einem Fenster, das in den Innenhof blicken ließ, stand eine Gruppe ziemlich lächerlich aussehender

Typen. Weiße Hemden, Anzughosen, Segelschuhe, gegelte Seitenscheitel. Gruselig. Alle trugen eine gestreifte Schärpe. Studentenverbindung. Leute, mit denen ich ganz sicher nichts zu tun haben wollte. Einerseits, weil mich keine zehn Pferde dazu bringen würden, in diesem Aufzug rumzulaufen. Eher trug ich Lukas Ketten. Andererseits, weil mir solche Verbindungen unheimlich waren. Man hörte Vieles. Neunundneunzig Prozent davon waren bestimmt in die Schublade der Gerüchte und Mythen zu stecken. Ich wollte aber gar nicht herausfinden, um was es sich bei dem verbleibenden Prozent handelte. Luka packte meinen Ärmel und flüsterte.

»Einfach ignorieren und weitergehen. Und hör auf, auf deiner Lippe zu kauen. Du blutest schon wieder.«

Shit! Luka stibitzte einen Kugelschreiber von einem Stehtisch und kringelte zwei Punkte auf dem Programmzettel ein, den wir unten im Foyer erhalten hatten. Er tippte darauf und hielt ihn mir unter die Nase.

»Da sollten wir hingehen. Das Erste ist die allgemeine Begrüßung des Dekans zum Semesterbeginn. Das Zweite ist irgendwas von der Organisation, mit der du hier bist. Ich glaube, die machen mit euch die Kurspläne.«

Gesagt, getan. Die erste Veranstaltung war eine glatte Zehn auf dem Langeweile-Barometer. Ich musste mir das antun. Schon klar. Warum Luka hierblieb, ging mir einfach nicht in den Kopf. Wieso er mich aber auch noch kommentarlos, ohne zu nörgeln, zur zweiten Veranstaltung begleitete, überstieg mein Verständnis bis ins Unermessliche. Wir liefen nebeneinander in den vierten Stock hinauf, zu einem kleinen Hörsaal am Ende des Ganges. Die meisten Stühle waren bereits besetzt, also drängten wir uns durch den Saal hindurch und setzten uns in die letzte Reihe. Es stellte sich heraus, dass wir nicht von einem Professor betreut wurden, sondern von einem Studenten aus einem höheren Semester. Studentenverbindungsstudent. Wir hatten ihn eine Stunde zuvor im Gang stehen sehen. Mister Einheitsbrei mit Schärpe. Er kam in den Saal gepoltert, stellte sich vor, riss einen unglaublich schlechten Witz, über den keiner der Anwesenden lachte, und begann anschließend tausend Dinge aufzuzählen, die man unbedingt tun oder lassen sollte. Man. Wer war das? Ich ganz bestimmt nicht. Ich knirschte mit den Zähnen und Luka wippte amüsiert mit seiner Stuhllehne. Er kippte nach hinten an die Wand und legte die Füße auf den Tisch. Der Verbindungsfuzzi sah das zwar nicht, weil er gerade geschäftig durch die Reihen ging und sich unheimlich wichtig vorkam. Trotzdem glaubte ich nicht, dass ihm das gefallen würde. Mitten in seinem Satz über optimierte Lernpläne hielt er inne und verschränkte die Arme vor der Brust.

»Luka! Was willst du hier?«

Mein Begleiter rollte mit den Augen und deutete auf mich. Prima. Hervorragend. Sogar ein Blinder mit einem Krückstock konnte sehen, dass die zwei sich nicht ausstehen konnten. Ich wollte da nicht reingezogen werden. Das roch doch schon nach Ärger.

»Nimm die Schuhe vom Tisch!«

Ich hatte gerade ein Déjà-vu. In meinem Kopf sprach der Typ mit Sirins Stimme. Auch diesmal zog Luka nur belustigt eine Augenbraue in die Höhe. Er machte aber keine Anstalten, der Aufforderung Folge zu leisten.

»Wieso? Ist doch nicht dein Tisch.«

Oh Mann! Luka! Echt jetzt? Das war eiskalte Provokation. Auf einem Silbertablett serviert. Aber scheinbar war dem Typen eingebläut worden, dass er hier eine Vorbildfunktion erfüllte. Er ignorierte Luka und sah stattdessen mich an. Vermutlich kleckste das Blut schon auf mein Hemd, so sehr biss ich mir auf die Lippe.

»Wie gut sprichst du deutsch?«

Ich zuckte mit den Schultern.

»Gut. War auf 'ner deutschen Schule.«

Er wandte sich wieder Luka zu.

»Er braucht dich nicht. Also verschwinde!«

Luka hielt sich theatralisch die Hand aufs Herz und verzog gequält das Gesicht, ehe er laut rasselnd aufstand. Er grinste mich an.

»See ya later, Cupcake.«

Dann packte er mich am Kinn und drückte mir einen Kuss auf die Lippen. Er grinste den Verbindungstypen an, salutierte und schlenderte aus dem Saal. Währenddessen wünschte ich mir, die Erde würde sich auftun und mich verschlingen. What the fuck? Ich wollte sterben. Jetzt. Sofort. Auf der Stelle. Stattdessen musste ich mir von einem geschniegelten Besserwisser mit Seitenscheitel und Bundfaltenhose anhören, warum ich mich lieber von Luka fernhalten sollte.

»Wo ist er, dieses gottverfluchte Arschloch?«

Ich preschte durch die Tür, warf mit voller Wucht meine Schlüssel auf den Esstisch und stieß mir das Knie an dem dämlichen Clavinova.

»Aua! Warum steht der Scheiß hier rum?«

Voller Absicht trat ich nochmals dagegen.

»Luka! Ich schwör dir, noch so eine Nummer, und du kannst dir schon mal dein Grab schaufeln!«

»Hör auf zu brüllen. Er ist nicht da.«

Robert schaute verschlafen über die Lehne der Couch. Oder bekifft. Konnte auch sein. Ich stieß einen gequälten Laut aus. Ärger? Verzweiflung? Am ehesten eine Mischung aus beiden. Robert rappelte sich auf. So wie der aussah, hatte er heute noch keinen Fuß vor die Tür gesetzt. Er wühlte durch die Küchenschränke, nahm einen Edding, schmierte etwas an die Schranktür und wühlte weiter. Kam mir komisch vor. Ging mich aber nichts an. Ich ließ mich in den Sessel ohne Beine fallen und wurde prompt von Kater Nein belagert. Er schnurrte. Wieso? Er hatte überhaupt keinen Grund, sich mit mir anzufreunden. Ich ignorierte ihn konsequent und er perforierte mir rhythmisch mein Bein. Kapitän Rotbart schleppte zwei Flaschen Bier und zwei Snickers an, setzte sich und kaute auf dem Schokoriegel.

»Ich soll dir von Sirin ausrichten, du sollst die Kaffeemaschine ausschalten und den Stecker ziehen, bevor du gehst.«

Aha. Ich legte die Stirn in Falten.

»Don't shoot the messenger.«

»Warum der Stecker?«

»Frag nicht. Mach's einfach.«

Als Robert checkte, dass ich weder Bier noch Schokolade wollte, nahm er sich auch das zweite Snickers und warf die Verpackung auf den Nierentisch.

»Also? Erzähl! Was hat er diesmal ausgefressen?«

Mir blieben die Worte im Hals stecken. Was sollte ich darauf denn antworten? Ach, halb so wild. Mich im Regen durch die Stadt geschleift und dann in der Uni geküsst. In einem Hörsaal. Vor versammelter Mannschaft. Auf den Mund! Hallo? Ich knirschte mit den Zähnen und raufte mir die Locken. Robert schmunzelte.

»Okay. Ich frage anders. Auf einer Peinlichkeitsskala von Eins bis Zehn. Wo?«

Da brauchte ich nicht lange zu überlegen.

»Fünfhundert!«

Mein rotbärtiger Mitbewohner lachte laut.

»Alles klar. Nimm's ihm nicht krumm. Er überspannt

den Bogen manchmal.«

Ich starrte ihn ungläubig an und fuchtelte so heftig mit den Armen, dass es dem Kater zu ungemütlich wurde. Er stolzierte davon. Angekekst. Mit erhobenem Kopf und rasant zitterndem Schwanz. Möglicherweise war ich dem Kater auch zu laut. War mir aber egal. War mir auch egal, ob Karla schlief oder ob Sirin irgendwelche Dezibel-Grenzwerte parat hielt und mir den Mund verbot. Ärger und Entsetzen wollten raus.

»Nicht krummnehmen? The fuck? Dude, der kann mich doch nicht einfach küssen!«

Robert verschluckte sich am Bier.

»Er hat ...?«

»Ja.«

»Bist du ...?«

»Was?«

Er verdrehte die Augen und mir ging ein Licht auf.

»Rob, that is absolutely not the point! Darum geht's nicht!«

Keine Ahnung was Robert so amüsierte. Er hielt sich den Bauch und lachte Tränen.

»Das ist echt neu. Er macht immer ganz genau und ausschließlich das, was er will. Schon klar. Aber das ist neu.«

Er kicherte intervallartig, während ich mich zerknirscht tief in die Kissen sinken ließ.

»Der kann was erleben, wenn er später heimkommt.«

»Da kannst du lange warten.«

»Wieso?«

»Luka hat vorhin seine Sachen gepackt und gesagt, er sei über Nacht bei seinen Eltern.«

Na prima. Ade, du glühende Wut. Aufgekochte Streits waren einfach nicht dasselbe. Damit musste ich wohl leben.

Wir hingen im Wohnzimmer herum. Schweigend. Nur der Fernseher lief. Ob man an diesem wohl auch den Stecker ziehen musste? Blieb abzuwarten. Robert nickte ein. Ich schaltete um. Er wachte auf und schaltete zurück. So ging das eine ganze Weile, bis uns der Kater mit ohrenbetäubendem Getöse aus unserer Lethargie riss. Er war auf das Clavinova gesprungen und stakste über die Tasten.

»Wieso steht das hier eigentlich mitten im Weg rum? Sirin kriegt einen Herzanfall, wenn sie das sieht.«

»Hat Luka vorhin hierher geschoben. Für dich. Er sagte, du seist zu gut erzogen, um ohne gefragt zu haben in sein Zimmer zu gehen.«

Schon wieder war ich sprachlos.

Selbstverständlich hatte ich das Instrument nicht angefasst. Eher hätte ich mir die Finger abgehackt. Ich lag wach in meinem Bett und kriegte einfach nicht auf die

Kette, welches Spielchen Luka hier versuchte zu spielen. In der Regel waren Leute ziemlich einfach zu lesen. Egal wer, egal wann, egal wo. Man musste lediglich hinsehen. Richtig hinsehen. Man musste gut zwei Drittel von dem löschen, was laut ausgesprochen wurde und durch das ersetzen, was man sah. Kleine Gesten. Gewohnheiten. Nervöse Ticks. Dafür brauchte man kein Psychologiestudium. Einfach nur die Augen öffnen. Dann sah man mehr, als man sehen wollte. Es sei denn, man war von seinem selbstgeschaffenen Dunstkreis aus Lügen so eingenebelt, dass man die eigene Hand vor Augen nicht mehr wahrnahm. Vermutlich war genau das der Grund, warum ich so oft aneckte. Menschen fragten immerzu nach den Meinungen Anderer, wollten aber eigentlich die Meinungen im Wortsinne, also deren Blickwinkel, gar nicht wissen. Vielmehr ging es darum, ihnen vorzubeten, was sie hören wollten. Das tat ich nicht. Unter keinen Umständen. Oftmals erwischte ich mich bei dem bitteren Gedanken, dass, egal was und wie man Dinge anpackte, im Endeffekt doch immer das Falsche dabei heraus kam. Früher schwieg ich. Meistens. Das führte für gewöhnlich dazu, dass man mir sagte, ich solle mich nicht so einigeln und von allem abschotten. Heute sprach ich. Meistens. Fasste in Worte, was andere mit Sicherheit nicht hören wollten. Seither sagte man mir, ich solle nicht so unterkühlt und gemein sein. Ergo: alles Mist. Ich drehte mich um, zog mir die Decke über den Kopf und dachte an Jake.

Deafening silence. I'm scared shitless. Seine Worte. Immer und immer wieder: Matthew schweigt. Das macht mir Angst. Jake hatte es gecheckt. Wie Menschen tickten. Und damit auch ein stückweit, wie ich tickte. Ja, ich war ein arroganter Drecksack. Ich erlaubte mir, sehr schnell zu urteilen, weil ich oftmals richtig lag. Nicht immer, aber oft genug. Und nun lag ich hier und hatte nicht den leisesten Schimmer, was dieser blaugefärbte Wahnsinnige von mir wollte. Zum Kotzen! Das machte mich irre. Ich zog mein Handy aus der Hosentasche und tippte eine Nachricht.

JAKE & DU

People are a bunch of bastards.
Prove me wrong. Please? (17:05)

Vor meinem Fenster tobte das Gewitter, das sich am Vormittag angekündigt hatte, und übertönte den Kater, der vor meiner Tür patrouillierte und lautstark seinen Unmut kundtat. Ob mir der Jetlag immer noch nachhing? Ich war völlig im Eimer, und doch zu wach, um schlafenzugehen. Ein äußerst unbefriedigender Zustand. Ich zuckte zusammen und mein Herz pochte mit mindestens siebentausend Schlägen pro Sekunde von innen gegen meine Rippen, als mein Handy piepste. Ich zögerte kurz. Dann schaute ich aufs Display.

KETTENSCHLUMPF & DU

Du bist sauer. (17:06)

Laut stöhnend kniff ich die Augen zu. Offensichtlich! Ja, natürlich war ich sauer, verdammt! Genervt steckte ich das Telefon unter das Kopfkissen und versuchte, die lächerliche Schnappatmung unter Kontrolle zu kriegen. An meinem linken Ohr ertönte ein erstickter, elektronischer Laut.

KETTENSCHLUMPF & DU

Du schweigst. Schweigen heißt Zustimmung. (17:08)

Ich hab dir das Klavier rausgestellt. Hast du gespielt? (17:08)

Na komm schon, Schneewittchen, sei nicht so stur. (17:11)

Ungläubig starrte ich in den grellen Schein des Chatverlaufs. Nein! So nicht, mein Freund! Fest entschlossen, mich gar nicht erst auf irgendeine Diskussion einzulassen, steckte ich das Telefon zurück unters Kissen und stand auf.

Das Wohnzimmer war leer. Scheinbar war Robert in seine Dunsthöhle zurückgekehrt. Ich heizte die Kaffeemaschine an. Dann nutzte ich die Gunst der Stunde und betrachtete die Schmierereien an den Küchenschränken. Im Chaos der letzten Tage hatte ich nur Satzfetzen aufgeschnappt, den Sinn aber noch nicht entziffern können. Sollte es überhaupt einen Sinn geben. Was hatten wir hier also? Telefonnummern, Namen und Geburtsdaten rechts oben. Freunde oder ehemalige WG-Mitglieder? Hm. Ich zuckte mit den Schultern. Weiter links standen kurze Sätze. Grüße. Viele Herzchen und Unterschriften. Das machte nur Sinn, wenn es sich obendrüber um WG-Mitglieder handelte. Derjenige, der auszog, schien sich hier verewigen zu müssen. Oder dürfen. Ansichtssache. Ich hab euch alle lieb, war jedenfalls ein Satz, der hier exzessiven Gebrauch fand. Das unterstützte meine Kommunen-Theorie. Die Kaffeemaschine hatte aufgehört zu blinken, also schob ich eine Tasse unter den Hahn und drückte auf den Knopf. Diese Padmaschinen brauten eine fiese Brühe, aber besser als nichts. An den Esstisch gelehnt, las ich weiter. Am mittleren Schrank war folgender Satz unterstrichen: Lebensnotwendiges wird sofort aufgefüllt! Darunter befand sich eine Liste, die scheinbar im Laufe der Zeit gewachsen war. Kaffee, Tee, Milch, Klopapier, Shampoo, Kopfschmerztabletten. Bier war durchgestrichen. Darunter folgte erneut das Wort Bier. Auch das war durchgestrichen. Wiederum darunter stand das Wort Gerstensaft. Doppelt durchgestrichen. Wer hier wohl den längeren Atem hatte? Ganz unten stand: Snickers. Wenn ich mich recht erinnerte, war das eine der Stellen, an der Robert am Nachmittag herumgekritzelt hatte. Hier wurden doch sicherlich Wetten abgeschlossen. Darüber, wie lange persönliche Vorlieben einen Platz auf der wichtigen Liste halten konnten. Das Snickers flog bestimmt noch an diesem Abend raus. Oder wann auch immer Sirin einen Fuß in die Küche setzen würde. Das war mein Tipp. Ich nippte am Kaffee und rieb mir die Augen. Auf die letzte Schranktür waren persönliche Nachrichten gekritzelt. Alle fingen identisch an. @Name. Doppelpunkt. Dann folgte die Nachricht. Und irgendetwas sagte mir, dass solche Notizen nur dann hinterlassen wurden, wenn sie in der Vergangenheit zu Streit geführt hatten. Meine Favoriten waren: @Luka: Plastikverpackungen – auch wenn sie grün sind – gehören nicht in den Bio-Müll! Und: @Robert: Im Wohnzimmer herrscht Hosen-Pflicht! Ich klemmte mir die Haare hinter die Ohren und kaute auf meiner Lippe. Wo war ich hier nur reingeraten? Am Ende der Schranktür angekommen, hielt ich inne und kniff die Augen zusammen. @Matt: Zieh den Stecker! Ich hasste, dass sie recht hatten. Das war ja auch vollkommen dämlich! Den Stecker von der Kaffeemaschine ziehen? Ernsthaft? Ich knurrte innerlich und zog den verdammten Stecker.

»Hi Matthew.«

Alter Schwede. Ich erschrak zu Tode. Hatte Sporty Spice etwa eine Ausbildung zum Ninja gemacht? Karla saß auf der Lehne der grüngeblümten Couch und schnürte ihre Turnschuhe.

»Ich sehe, du stehst auch schon auf der Liste der Todsünden.«

Sie lächelte und ich zuckte mit den Schultern.

»Hab ich den Rekord gebrochen?«

»Nein.«

Karla erhob sich, machte mit den Armen einige Dehnübungen und kam zu mir herüber.

»Hier. Tag Eins. Ich glaub, das kann man nur schwer toppen.«

Sie tippte mit dem Zeigefinger auf einen fast verblassten Satz, der mit Kugelschreiber geschrieben und mir deshalb wohl vorher nicht aufgefallen war. Dort stand: @ Luka: Wenn du in dieser WG schon Sex haben musst, dann in deinem Zimmer! DEINEM. In Blockbuchstaben. Dreifach unterstrichen. Ich starrte mit offenem Mund zwischen der Schranktür und Karla hin und her, die den Kopf schüttelte und die Hand hob.

»Frag nicht. Ich weiß keine Details. Bin auch nicht scharf drauf.«

Ich wollte mir die Augen mit Seife auswaschen und den Löschen-Knopf für mein Gedächtnis finden. Dringend!

»Ich geh jetzt jedenfalls joggen. Willst du mitkommen?«

Das Entsetzen stand mir ins Gesicht geschrieben. Joggen? Ich? Heute? Ich war fix und alle.

»Nur ein Angebot. Deine Entscheidung.«

Schon klar. Ich haderte mit mir. Vielleicht war es doch gar keine so dumme Idee. Gegebenenfalls setzte die Beschäftigung mein Hirn eine Weile auf Durchzug, und ich schaffte es, nicht doch noch Luka irgendeine angeätzte Bemerkung hinterherzuwerfen. Karla grinste.

»Gib dir 'nen Ruck. Zieh dich um. Ich warte.«

Wir nahmen fast denselben Weg, den Luka am Morgen mit mir gegangen war. Minus diverse Schleifen und Schlenker. Und ich lernte, dass man sich immer mit Seinesgleichen messen sollte. Nicht mit der Profiliga. Eines war gewiss, Sportler war ich nicht. Karla dafür umso mehr. Auf einer Aussichtsplattform oberhalb des Flusses blieben wir eine Weile stehen, und Karla erklärte, was man sich flussauf- und flussabwärts unbedingt anschauen musste. Stadtführung Nummer Zwei. Das tat sie nur meinetwegen. Damit ich durchatmen konnte. Ganz sicher. Ich zweifelte keine Sekunde daran, dass sie ohne Klotz am Bein zügiger vorangekommen wäre. Obwohl sie ein Skelett war und für dieses Workout keine Energie haben sollte. Aber ich schluckte meinen angeknacksten Stolz hinunter. War ja selbst schuld. An der Brücke bogen wir dann ab und gingen die Stufen zum Flussufer hinunter. Dort führte ein schmaler Trampelpfad unter der Brücke hindurch und stieß am anderen Ende auf einen geebneten Radweg. Von dort aus joggten wir am Kai entlang. Karla lief lässig neben mir her, während mir der Schweiß in die Augen tropfte und brannte wie Feuer. Sie deutete nach vorn.

»Wir laufen bis zum Stadtstrand Café, trinken was und laufen dann wieder zurück. Okay?«

Ich nickte und biss die Zähne zusammen. Das Café war ein Mückenschiss am Horizont. Sicherlich noch fünfzehn bis zwanzig Minuten, bis wir dort ankamen. Falls wir dort ankamen. Und ich nicht vorher an Herzversagen starb. Karla ignorierte, dass meine Lunge wie ein Maracas-Quartett rasselte. Sie wusste scheinbar, wann man einem Mann seinen Stolz lassen musste.

Stadtstrand Café. Der Name war Programm. Am Ufer war Sand aufgeschüttet worden, es gab ein Beachvolleyballfeld und eine ganze Armada blauweißgestreifter Strandkörbe. Auf der Getränketafel stand in Blockbuchstaben: *Winterpause ab November. Abschiedsparty an Halloween. Diesjähriges Motto: Feary Tales – Untote Märchen-Pärchen!* Der Gruselwahnsinn war also mittlerweile über den Großen Teich geschwappt. Scheinbar machte der menschliche Drang, sich ab und an in aller Öffentlichkeit zum Affen zu machen, nicht einmal an Landesgrenzen Halt. Anyways. Ich ließ mich in einen Strandkorb fallen, und Karla besorgte zwei Flaschen Wasser. Und nun? Ich war unheimlich schlecht, was belanglosen Smalltalk betraf, und versuchte, mir irgendetwas halbwegs Brauchbares aus den Fingern zu saugen.

»Du arbeitest in der Bibliothek?«

Karla nickte stumm. Okay. Dead end. Über was redeten Menschen, die sich nicht kannten? Ich kaute auf meiner Lippe und verrenkte mir das Hirn.

»Du scheinst nicht oft daheim zu sein.«

Sporty Spice trocknete sich die Stirn mit einer Papierserviette und nickte.

»Ja. Hauptsächlich wegen der Klarinette.«

What? Ich machte große Augen und hob die Hände, um ihr zu signalisieren, dass ich nicht kapierte, was sie mir damit sagen wollte.

»Ich spiele Klarinette. Mein Freund wohnt alleine, da stört es keinen, wenn ich übe.«

Mir fielen fast die Augäpfel aus den Höhlen. Seriously?

»Wie bitte? Du ziehst aus und er darf bleiben?«

»Wer?«

»Na, er. Luka. Er und sein Klavier.«

Karla lachte.

»Das ist was anderes, glaub mir.«

Wie, um alles in der Welt, sollte das etwas anderes sein? Hatte nicht sogar der sonst so gechillte Robert vor einigen Tagen die Nerven verloren und durch die WG gebrüllt, Luka solle aufhören, das arme Instrument zu quälen? Schlief Sirin etwa nicht mit Ohropax, damit sie das Geklimper nicht ertragen musste? Wo, bitte schön, lag der Unterschied? Ich wischte mir mit dem Saum meines Shirts den Schweiß aus den Augen und starrte meine Joggingpartnerin verständnislos an. Aber sie lachte nur wieder.

»Ich bin ein blutiger Anfänger und produziere nur schräge Töne. Bislang. Hoffentlich ändert sich das bald. Luka hingegen ist richtig gut.«

»Bist du dir sicher, dass wir von derselben Person sprechen? Luka? Ungefähr so groß wie ich, blaue Haare, blaue Augen, markant kehlige Stimme?«

Karla kicherte.

»Ja, genau der Luka.«

Ich traute meinen Ohren nicht.

»Der Typ, der seit Tagen und Nächten schiefere Töne aus dem Clavinova quetscht, als die Menschheit je gehört hat? So, dass sogar der Kater nur noch durch die Gegend schleicht. Bauch am Boden. Kamm gestellt und Schwanz aufgeplustert. Der Luka?«

Sie lachte wieder.

»Keine Ahnung, was der im Moment hat. Wenn er will, spielt er großartig.«

Ich kniff skeptisch die Augen zusammen. Solange ich das nicht mit eigenen Ohren hörte, würde ich das bestreiten. Definitiv!

Auf dem Rückweg liefen wir nicht am Fluss entlang, sondern durch den Park. Vorbei an vielen alten Damen mit Dackeln, Kinderspielplätzen und all denjenigen, die die Grillsaison mindestens bis Mitte November ausdehnten. Nach zehn Minuten Gestolper über Baumwurzeln und Gerölle dankte ich im Geiste dem Anrufer, der dafür sorgte, dass Karla ihr Tempo zurücknahm und nur noch zügig ging, anstatt zu joggen. Handy ans Ohr halten, reden und joggen gleichzeitig, ging dann wohl doch nicht. Ich lief schweigend nebenher, und schloss aus ihrer Hälfte der Unterhaltung, dass sich irgendein Termin nach vorne oder hinten verschoben hatte. Sie blickte ständig auf die Uhr und verdrehte die Augen.

»Sirin! Mach dich locker! Du musst doch nichts ... ja. Ja, ist gut.«

Okay. Am anderen Ende der Leitung war also unsere Mitbewohnerin. Und man merkte Karla an, dass sie alles, was sie aus Miss Bollywoods hübschem Mund kommen hörte, für völligen Blödsinn hielt. Aber sie hörte brav zu und warf ab und an ein Wort ein.

»Der ist bei mir.«

Wer? Ich? Ich knirschte mit den Zähnen und legte die Stirn in Falten. Wenn Sirin nach mir fragte, hatte sie mir sicherlich eine Million Nachrichten geschrieben und logischerweise keine Antwort erhalten. Mein Handy lag zu Hause auf dem Bett. Karla blieb stehen, seufzte und sah mich an.

»Hast du den Stecker gezogen?«

Nicht wahr, oder? Jetzt wurde mir schon über Dritte hinterherspioniert. Wegen der beschissenen Kaffeemaschine.

»Ja, verdammte Axt!«

Karla seufzte wieder.

»Ja, hat er. Und jetzt beruhig dich. Wir machen das, seit wir zusammen wohnen. Warum ist das jetzt so ein großes Pro...?«

Joggen und telefonieren ging nicht. Stretchen und telefonieren offenbar schon. Sporty Spice verrenkte sich in alle möglichen Positionen und ich stand mit verschränkten Armen neben dran und wartete.

»Keine Ahnung, Sirin. Wird sich alles klären. Ja, mach ich. Gut, bis später.«

Karla legte auf und steckte das Handy zurück in die Ärmeltasche. Ich wartete still auf eine Erklärung, die sicherlich umgehend folgen würde.

»Okay. Die Kurzfassung: Am ersten Sonntag nach Semesterbeginn treffen wir uns immer im Wohnzimmer, essen zusammen und stoßen auf das Semester an. Eine kleine Tradition in unserer WG. Bist du morgen Abend dabei?«

Ich zuckte mit den Schultern.

»Ähm. Okay.«

Dann lief sie los, als sei nichts gewesen. Ich zog mir schnell die Kapuze über, weil mir die Abendsonne auf den Kopf schien, dann joggte ich hinter ihr her.

»Das war aber doch nicht alles.«

»Hm?«

»Das Telefonat.«

Karla winkte ab.

»Das willst du gar nicht wissen.«

»Doch, irgendwie schon. Schließlich war ich auch Thema.«

Wir liefen durch kleine Gässchen, die mir bekannt vorkamen. Möglicherweise war ich auch hier mit Luka schon gewesen. Möglicherweise sah hier aber auch einfach alles gleich aus. Meine Joggingpartnerin winkte einer Bedienung in einem Café, die sie offenbar kannte, hielt aber nicht an, um sich zu unterhalten. Erst als wir in die nächste Straße einbogen, verringerte sie ihr Tempo und antwortete mir.

»Sie hat versucht, Robert zu wecken. Der hat sie angepflaumt und rausgeschmissen. Luka war nicht da und geht auch nicht an sein Handy. Und dich konnte sie auch nirgends finden. Jetzt hatte sie Angst, dass alles ins Wasser fällt.«

IIIIIIIIIIIIIIIII
ALCATRAZ

Es ist mal wieder wunderbar. Robert ätzt rum, sonst geht keiner an sein Handy. Wir haben für morgen keinen Plan. Was nun? - Miss Bollywood (17:35)

Oh prima! Hier also auch schreiende Stille. Keiner geht an sein blödes Telefon! - Miss Bollywood (18:20)

Ihr seid doch nicht normal!!! - Miss Bollywood (19:00)

Wir haben doch gerade telefoniert, Sirin. Wird sich alles klären. – Sporty Spice (19:37)

Ich hab dich noch nie hängen lassen, Sirin. Auch wenn du mir das immer unterstellst. Du musst dich um nichts kümmern. Hab alles im Griff. – Kettenschlumpf (03:10)

»Gruß von meiner Mutter! Ich hab es ihr aus dem Kreuz geleiert. Ihr müsst schleppen.«

Zack, klirr. Autoschlüssel landeten auf dem Esstisch. Dann folgte ein Niesanfall, und dann schlug Lukas' Zimmertür zu. Wie im Kasperletheater sprangen meine Mitbewohner auf und liefen nach draußen. Es erstaunte mich immer wieder aufs Neue, mit welchen Verhaltensweisen Luka hier aufwarten durfte, ohne dass irgendwer auch nur auf den Gedanken kam, ihn einzunorden. Mir lief Sirin wegen des blöden Steckers Tag und Nacht hinterher. Luka durfte wahrscheinlich sogar ein Lagerfeuer im Wohnzimmer entfachen. Unglaublich. Wie sagte Jake immer? Runterschlucken und weitermachen!

Vor der offenen Kofferraumtür des klapprigen Dreier Golf wurde mir allerdings einiges klar. Die blaue Pestilenz erkaufte sich Bequemlichkeiten, indem er seine

Mutter knechtete. Okay, das war gemein. Und wahrscheinlich entsprach es auch nicht exakt den Tatsachen. Trotzdem war ich mir ziemlich sicher, dass es nicht Luka, sondern ausschließlich seine Mutter war, die all dieses Essen gezaubert hatte. Während die Damen fleißig Glasschüsseln und Robert Getränkekästen schleppten, grübelte ich darüber nach, wer, um alles in der Welt, das alles essen sollte.

»Komm. Hilf mal.«

Ich packte die eine Seite der Kiste und trug gemeinsam mit Robert Bier- und Colakästen in die Küche.

»Wer kommt außer uns?«

»Keiner. Wieso?«

»Ähm.«

Ich deutete auf die Kisten.

»Weil das hier aussieht, als müssten wir eine Armee durchfüttern.«

Kapitän Rotbart lachte laut und winkte ab.

»Nah. Lukas Mami ist halt so. Die hat immer Angst, dass man auf seinen Rippen irgendwann klavierspielen kann, und verhätschelt uns gleich m ...«

Er verschluckte sich am letzten Wort und hüpfte wie ein Irrer um den Küchentisch.

»Oh mein Gott! Ich liebe diese Frau!«

Er zog eine Großpackung Snickers aus der Kiste und riss die Tüte auf. Kurz darauf wurden wir von Sirin aus der Küche verbannt. Weil sie Dinge vorzubereiten hatte.

Ihre Worte. Was auch immer diese Dinge sein mochten.

Eine Stunde spielte ich mit unserem Schokojunkie UT. Falsch. Ich verlor eine Stunde lang. Dann hatte ich die Schnauze voll und ging. Im Flur fiel mir auf, dass meine Zimmertür einen Spaltbreit offenstand. Ich rechnete damit, dass mein Nachbar das Clavinova bei mir abgestellt hatte. Schließlich hatte er mich in der Nacht noch drei Mal aus dem Schlaf gerissen, indem er mir blöde Fragen getextet hatte. Aber es stand kein Tasteninstrument in meinen vier Wänden. Stattdessen residierte der Kater auf meinem Kopfkissen. Na prima. Ich funkelte das Tier genervt an und versuchte, es von meinem Bett zu schieben. Funktionierte natürlich nicht. Entweder er schnurrte, oder es wurde ihm zu grob und er haute mit seinen Krallen nach mir. Ich Waschlappen ließ ihn also genau dort, wo er war, setzte mich daneben und zog mein Handy aus der Hosentasche. Die Nachricht meiner Schwester hatte ich bislang vor mir hergeschoben.

JESS & DU

Hast du schon jemanden gefunden, den du hassen kannst? (10:03)

Sie war das wandelnde Grauen! Dass sie ihre sprachlichen Fähigkeiten voll ausnutzen und während dieses Semesters kein einziges englisches Wort mit mir wechseln würde, war mir von Anfang an klar gewesen. Aber wieso wusste sie immer alles? Wieso? Woher? Früher hatte ich schon nie in Ruhe Mist bauen können. Jetzt war ich hunderte Kilometer weit entfernt, und trotzdem schaffte sie es, eine einzige Frage zu stellen, die einen Rundumschlag machte. Sie kannte mich zu gut. Das war grauenvoll! Ich schloss den Chat, ohne eine Antwort zu schreiben, und seufzte. Der Kater starrte mich an. Ich starrte zurück. Der Kater schloss die Augen und schlief weiter. Damit war wohl geklärt, wer der Chef war: Ich nicht.

In der Luft lag ein dezenter Zimtgeruch. Aus dem fünfarmigen Kronleuchter im Wohnzimmer waren drei Birnen losegedreht, so dass der Raum in ein schummeriges Zwielicht gehüllt wurde. Entlang der Küchenzeile standen Schüsseln aufgereiht, dazwischen jeweils eine brennende Kerze. Das erklärte den Duft nach Zimt. Der Tisch war gedeckt, Musik lief leise im Hintergrund. Sirin saß strahlend und mit einem Glas Wein in der Hand auf der grüngeblümten Couch. Und ich staunte Bauklötze. Das war keine WG-Party, sondern ein kuscheliges Candlelight Dinner. Ich lehnte mit der Schulter gegen die Wand und betrachtete das Treiben einen Augenblick lang. Das Bild, das sich mir bot, hatte etwas von einem Märchen. Eine solche Szenerie erwartete man, wenn man an Weihnachten von draußen in hell erleuchtete Häuser spähte. Kinder, die unterm Baum mit neuen Spielzeugen spielten. Eltern, die dabei zusahen und lachten. Ruhe. Zufriedenheit. Und ein verständiges Miteinander. Ich atmete kaum, aus Angst, diese Blase der Glückseligkeit zum Platzen zu bringen. Ich lehnte meinen Kopf gegen die Wand und schloss die Augen.

»Wär gut, wenn es immer so sein könnte, oder?«

Luka flüsterte nur. Trotzdem ging ich vor Schreck fast die Wände hoch. Ich schüttelte den Kopf.

»Erklär mir, was ich hier sehe.«

»Das, Snow White, nennt sich Waffenstillstand. Den können wir alle von Zeit zu Zeit gut gebrauchen. Manchmal wird die Welt zu schnell. Zu kompliziert. Unwichtiges tarnt sich als Priorität. Essenzielles verkommt zur Nebensache.«

Er zuckte mit den Schultern und rasselte leise dabei.

»Das passiert. Keiner hat Schuld.«

Wo er recht hatte, hatte er recht. Da gab es nichts dran zu rütteln. Trotzdem fragte ich mich, woher das alles kam. Ob dieses Ritual eine Geschichte hatte. Oder, ob Luka wieder nur sein Spielchen trieb und versuchte, mich mit bedacht gewählten Worten einzulullen, um sich hinterher über meinen zerknirschten Gesichtsausdruck lustig zu machen. Keine Ahnung, ob ich ihm mit dieser Annahme Unrecht tat. Vielleicht hatte meine Schwester, wie so oft, den Nagel auf den Kopf getroffen, als sie mir unterstellte, ich würde jemanden suchen, dem ich alles, was schieflief, in die Schuhe schieben konnte. Jemanden, den ich hassen konnte. Böses Wort. Endgültiges Wort. Ließ ich den Menschen, die ich kennenlernte, wirklich keine Wahl? Freund oder Feind? Dazwischen existierte nur dünne Luft. Zu wenig, um zu atmen; zu viel, um zu sterben. Ja. Ich mochte diese halbausgegorenen Bekanntschaften nicht. Das war zu anstrengend. Klare Verhältnisse waren in der Regel die bessere Wahl. Sicherlich wirkte es kalt und abweisend, wenn ich rigoros aussortierte. Allerdings tat ich das niemals willkürlich. Und Luka traute ich nun mal keine drei Meter über den Weg. Er war undurchsichtig wie Milchglas, und das bereitete mir Bauchschmerzen.

»Karla hat ein Sportstipendium für die USA. Dieses ist ihr letztes Semester hier. Egal was sie dir erzählt. Der Grund dafür, dass sie häufiger bei ihrem Freund ist als hier, ist nicht die Klarinette.«

Ich konnte mir keinen Reim darauf machen. Wieso erzählte er mir das? Ich schielte ihn skeptisch an, und er missinterpretierte meinen Blick und fuhr fort.

»Vermutlich wäre es besser, wenn wir nicht immer den Stecker ziehen würden. Sirin muss das lernen. Sie hat sich schon gebessert. Letztes Jahr war diese Wohnung ein Hochsicherheitstrakt. Fort Knox. Nimm ihr ...«

Ich hob die Hand, hieß ihn schweigen, und flüsterte.

»Ich will das alles gar nicht wissen.«

»Doch, willst du.«

»Ach ja? Und warum will ich das?«

»Weil man für manche Dinge keine Zeit hat. Du bist ein Semester hier, und von dir wird erwartet, dass es nicht umsonst ist. Leistungsdruck ist für uns alle kein Fremdwort. Du musst dich also zügig entscheiden, wen du an deiner Seite haben willst, und wen nicht. Dass du mit mir ein Problem hast, hab ich kapiert. Aber schließ nicht gleich von mir auf die anderen. Die drei haben Macken. Aber sie stehen hinter dir. Wenn du das willst.«

Ich schluckte schwer, kaute auf meiner Lippe, schluckte nochmal und stammelte vor mich hin.

»Ich habe nie gesagt ...«

»Ach komm schon, Schneewittchen. Ich bin doch nicht blöd.«

Er deutete zwischen uns beiden hin und her.

»Wenn das nicht funktioniert, funktioniert es nicht. No big deal.«

Mir blieb die Spucke weg. Dieses Verständnis konnte ich noch weniger ertragen, als seine Dreistigkeiten. Und gleichzeitig machte es mir ein schlechtes Gewissen. Kleine spitze Zähne fraßen sich durch meine Magengrube, während mich eine leise Stimme in meinem Hinterkopf aufforderte, etwas Nettes zu sagen. Ich schluckte es runter.

»Na, komm. Irgendwann fällt auf, dass wir hier rumstehen.«

Luka nahm mich am Ellenbogen und schob mich in Richtung Wohnzimmer.

Während ich lustlos in meinen Nudeln herumstocherte, fiel Kapitän Rotbart schon ins Fresskoma. Er behielt also recht. Wir fütterten nicht etwa eine Armee durch. Nein. Robert reichte vollkommen. Karla nippte an ihrem Glas und verzog das Gesicht.

»Sirin! Wie kannst du diesen Fusel trinken? Der schmeckt nach Fisch!«

Sie stellte das halbvolle Glas hinter sich auf die Spüle und winkte Luka zu.

»Reich mir mal ein Bier rüber, bitte.«

»Reich du mir mal die Kopfschmerztabletten rüber, bitte.«

Sie tauschten quer über den Tisch hinweg, Luka schluckte die Tablette, und spülte sie mit einem Schluck Bier hinunter. Ob sich diese Mischung vertrug, blieb abzuwarten. Ich sah ihn skeptisch aus dem Augenwinkel an und erwartete, dass er mir auch eine Flasche reichen würde. Zu meiner Verwunderung griff er aber in die Colakiste und füllte mein Glas unaufgefordert und tonlos. Heute war scheinbar der Tag der Überraschungen. In jeglicher Hinsicht. Oftmals fühlten sich Dinge von außen anders an. Bilder waren trügerisch. Sie gaukelten einem Idylle vor und verschluckten allen Zwist. Hitzige Debatten. Zynismus zwischen den Zeilen. Heuchelei. Sobald man einen Fuß ins Geschehen setzte, löste sich die Ruhe in Luft auf. Genau darauf wartete ich. Angespannt. Despektierlich. Weil ich genau wusste, wie die Welt sich drehte. Luka rückte ein Stück zu mir, stützte den Ellenbogen auf den Tisch und lehnte den Kopf in die Hand. Auf diese Weise fiel nicht auf, dass er leise mit mir sprach.

»Iss endlich etwas, Schneewittchen.«

Ich kniff die Augen zusammen und wusste nicht, was ich darauf antworten sollte. Er schielte über den Tisch zu den anderen, aber die waren zu sehr mit sich selbst beschäftigt, als dass sie unserer Unterhaltung folgen würden. Dann stieß er unterm Tisch leicht sein Knie gegen meines und flüsterte.

»You need to relax, honey. Atme durch. Entspann dich.«

Der hatte gut reden. Um mich herum geschahen Dinge, die ich nicht verstand, und ich sollte mich entspannen. Klar. Kein Thema. Sarkasmus war mein ständiger Begleiter. Wo lag mein Problem? Ganz simpel: Das hier fühlte sich alles viel zu familiär an, um wahr zu sein! Karla und Sirin tratschten und lachten ausgelassen. Robert sah satt und zufrieden aus. Keiner meckerte, als er sich einen Joint ansteckte. Sogar Luka lehnte sich zurück, anstatt irgendwem auf den Keks zu gehen. Zu Beginn hielt ich das alles für einen Scherz und wartete nur auf den Knall. Nach einiger Zeit dämmerte mir aber, dass sie das ernst meinten. Dass sie das alle durchzogen. Dieser Abend gehörte der WG und keiner funkte dazwischen.

Außer mir. Und Luka hatte es gemerkt, und versuchte, gegenzusteuern. Sein stahlblauer Blick streifte mich immer wieder. Kalkulierend. Abschätzend. Dann stand er auf und boxte Robert gegen die Schulter.

»Komm, hilf mir mal.«

Kurz darauf kam zuerst der Kater um die Ecke geschossen und tauchte unter der Couch ab. Dann ratterten die Rollen des Clavinovas über den Flur. Sirin und Karla waren auf die grüngeblümte Couch umgezogen. Die eine klatschte in freudiger Erwartung in die Hände und die andere schaltete mit der Fernbedienung die Stereoanlage aus. Robert quetschte sich zwischen die Mädels, ließ Karla am Joint ziehen, und schloss die Augen. Ich war ja nun schon ein paar Tage da, aber Luka hatte ich noch nie so bedacht erlebt. Er zog sich einen Stuhl ans Klavier und blickt in die Runde. Ich konnte die Zahnräder in seinem Kopf förmlich rattern hören. Dann spielte er die ersten Takte und ich hörte auf zu atmen. Zum einen, weil er zum aller ersten Mal, seit ich in diese WG gezogen war, richtig spielte. Zum anderen, weil er den Song anstimmte, den ich im Laden auf der Gitarre gespielt hatte. Er war schon ein geschickter Bastard. Das musste man ihm lassen. Mir war vollkommen klar, dass er das absichtlich tat. Dass er mich behutsam auf sicheres Gebiet lenkte, in Bereiche, in denen ich mich zurechtfand und meinen Kopf ausschalten konnte. Er grinste frech und ich kaute auf meiner Lippe.

»Kannst du mal die linke Hand spielen, Schneewittchen?«

Ich? Wieso ich? Laut Karla war er doch die Reinkarnation von Johann Sebastian Bach. Natürlich hatte er gleich die anderen auf seiner Seite, und mir blieb keine Wahl. Was Luka dann, quasi mit einer dritten Hand, aus dem Klavier zauberte, war einfach irre. Ich war hin und hergerissen zwischen Faszination und dem ständigen Drang, mich zu ohrfeigen, weil ich mir eingebildet hatte, ich würde das Semester ohne Gitarre überleben. Dumm. Einfach nur dumm. Luka sagte leise Akkorde an, denen ich folgte, und nach einiger Zeit begann Robert den Takt auf einem der Nierentische zu klopfen. Wir spielten uns quer durch Rock und Pop und letztendlich grölte jeder irgendwann einmal ein Stückchen der Lyrics dazwischen. Jeder außer Luka. Obwohl Karla und Sirin darum bettelten und versuchten, ihn mit großen Kulleraugen zu bestechen. Nope. Keine Chance. Der Kettenschlumpf sang nicht. Als die Kirchturmuhr Mitternacht schlug, sahen wir uns gegenseitig an. Sirin seufzte.

»Wir sollten dann wohl langsam ins Bett gehen. Morgen geht der Ernst des Lebens weiter.«

Die Turmuhr schlug Eins. Danach Zwei. Dann Drei. Und ich lag bäuchlings auf meinem Bett und konnte nicht schlafen. Ich schrieb Jake und Ethan eine Nachricht, erzählte vom Abend, und vor allem davon, dass ich mich mehrmals selbst dabei erwischt hatte, mich wohlzufühlen. Äußerst untypisch für mich. Erschreckend in gewisser Weise. Ich berichtete von Lukas Klavierspiel, weil sie das bestimmt interessierte. Schließlich hatten wir immer gemeinsam gespielt. Herrgott nochmal! Ich verlor sogar einen Halbsatz über den dämlichen Kater. Ein halber Roman. Dann löschte ich alles wieder. Zumindest Jake würde mir den Kopf dafür waschen, dass ich nicht auf Englisch schrieb. Ich ließ das Handy vors Bett auf den Boden fallen, entschied mich um, und tippte doch eine Nachricht.

ETHAN, JAKE & DU

Had some fun today. Wish you were here. (03:12)

Gegen halb vier piepste mein Handy.

KETTENSCHLUMPF & DU

Bist du noch wach? (03:28)

Nein. (03:29)

Die korrekte Antwort lautet: Ja. Sind dir deine Deutschkenntnisse abhandengekommen? (03:30)

Ich verdrehte die Augen und legte das Telefon zurück auf den Boden. Es piepste wieder.

KETTENSCHLUMPF & DU

Ich komm mal kurz rüber zu dir.
(03:31)

Er? Wie, bitte? Was? Der hatte doch nicht mehr alle am Sträußchen. Ich saß hellwach in meinem Bett und schon ging die Tür auf.

»Es ist mitten in der Nacht!«

»Weiß ich.«

»Gut. Dann verschwinde und lass mich schlafen.«

»Du hast nicht geschlafen.«

»Das ist doch nicht ... Himmel! Was willst du?«

Luka, der ausnahmsweise nicht rasselte, weil er nämlich nur Unterwäsche trug, machte es sich auf meinem Bett bequem und drückte mir einen Zettel in die Hand.

»Ich muss dir noch den Lageplan erklären.«

»Den was?«

»Lageplan. The map. Damit du weißt, welche deiner Hörsäle in welchem Gebäude sind. Auf deinem Kursplan steht, dass ...«

»Mein Kursplan? Woher weißt du, welche Kurse ich gewählt habe?«

»Hab ich mir schicken lassen.«

»What?«

»Von dem Idioten mit der Schärpe.«

»What? Bist du noch ganz dicht? Das geht dich nichts an.«

Ich verspürte das dringende Bedürfnis, meinen Kopf gegen die Wand zu schlagen. Oder seinen. Besser seinen. Wieso steckte er seine Nase in Dinge, die ihn nichts angingen? Kurz schnappte ich nach Luft, dann zeigte ich mit ausgestrecktem Zeigefinger zur Tür.

»Verschwinde! Sofort!«

»Schneewittchen ...«

»Shut the fuck up! Lass diesen Scheiß! Ich will nicht, dass du mir hinterherläufst. Ich will nicht, dass du mir irgendetwas erklärst. Ich komme alleine klar. Und vor allem: Hör mit dem Schneewittchenscheiß auf!«

»Snow White ...«

»Raus!«

Ich brüllte nur deshalb nicht, weil alle anderen schliefen. Deutlich war ich trotzdem. Dachte ich. Aber Luka klappte in aller Seelenruhe den Lageplan auf und deutete auf bunt angemalte Kreise.

»Rot sind die Hauptfächer. Grün sind die Nebenfächer. Blau ist der ganze Müll, den Mister Wichtig dir aufgeschwatzt hat, den aber kein Mensch braucht. Du musst hauptsächlich zwischen diesen beiden Gebäuden hin und herwechseln. Das sind ungefähr zehn Minuten Fußweg. Ach ja. Und Orange ist das Sportzentrum. Falls du dich von Karla weiterhin knechten lassen willst.«

Er drückte mir den Zettel in die Hand und kratzte sich am Kopf.

»Irgendwelche Fragen?«

»Nein.«

»Das echte Nein? Oder das, das eigentlich ja bedeutet?«

Ich starrte ihn an und wies auf die Zimmertür. Diesmal stand er auf und ging.

»Good night, Snow White.«

»Go to hell!«

Er lachte.

»Mach ich später.«

Wenige Minuten danach hörte ich leise das Klavier. *Lalelu – Nur der Mann im Mond schaut zu*. Ich wollte ihn erwürgen.

3

Leistungsdruck. Böses Wort. Kein Mensch hatte mich im Vorfeld darauf aufmerksam gemacht, dass wir Austauschstudenten Einstufungsklausuren schreiben und Zwischenprüfungen ablegen mussten. Das lief doch normalerweise anders. Zwei, drei Monate alles vor sich her schieben, ein, zwei Wochen pauken wie blöde, und dann die Klausuren schreiben. Was war mit dieser Regel geschehen? Ich drehte schier am Rad. Gereizt war gar kein Ausdruck. Die Ringe unter meinen Augen waren tiefschwarz, ich hatte drei Tage und Nächte lang weder geschlafen noch gegessen, quälte mich mit mathematischen Formeln herum und raffte es einfach nicht. Ich war nicht Einstein! Ich wollte nicht einmal Einstein sein! Und mir war scheißegal, ob da nun eine ganze, eine halbe oder überhaupt keine Zahl im Ergebnis stand. Wenn ich mich recht erinnerte, hatte ich auch die letzten drei Tage lang nicht geduscht. Die Haare blieben genau in der Richtung stehen, in die ich sie schob, dem T-Shirt wuchsen mehr Augen, als mir lieb waren, und ich konnte mich schlicht selbst nicht mehr ertragen. Das bewog mich dann dazu, meinen Schreibtisch zu verlassen und ins Bad zu gehen. Das, und die Tatsache, dass ich kurz davor stand, mir vor Verzweiflung einen Bleistift durchs Ohr ins Hirn zu rammen. Auf das Waschbecken gelehnt, starrte ich mein Spiegelbild an.

»Hey, Snow White.«

Okay. Ich verlor eindeutig den Verstand. Laut mit sich selbst zu reden, war eine Sache. Sich dabei als Schneewittchen zu bezeichnen, eine ganz andere. Wieso tat ich das? Ich kniff ein Auge zu, betrachtete die rauchgraue Iris des anderen, drehte einige klebrige Haarsträhnen um meinen Zeigefinger und imitierte anschließend Edvard Munchs Schrei. Es gab einen ganzen Haufen an Dingen, die man besser nicht tat. Ganz oben auf der Liste standen mitunter: Google dich niemals selbst. Und: Psychoanalysiere dich niemals selbst. Beides endete in der Regel mit Nervenzusammenbrüchen. Mein Handy lag in meinem Zimmer. Google konnte ich also abhaken. Blieb die Psychoanalyse. Das war die Sache mit dem Apfel und der Schlange. Natürlich tat man genau das, was man nicht tun sollte. Ich flüsterte mein Spiegelbild an.

»Luka ist schuld.«

Nein. So einfach war es nicht. Nichts geschah ohne Grund. Wenn man logisch nachdachte, verstand man auch die Zusammenhänge. Simples Prinzip von Ursache und Wirkung. Ich musste nur erst gedanklich sortieren, was in letzter Zeit losgewesen war. Ich schaltete die Dusche an und ließ die vergangenen Wochen in meinem Kopf Revue passieren. Jedes WG-Mitglied hatte eine Rolle inne, und ich fügte mich irgendwie in dieses Geschehen ein. Mit Robert führte ich eine Zockerfreundschaft. Wir sprachen nicht viel. Hingen in seinem Zimmer ab, spielten gegen- und miteinander irgendwelche Games. Ganz egal. Hauptsache Zeitvertreib fernab der Realität. Das war okay. Ich mochte, dass er so unkompliziert, kein bisschen nachtragend und ruhig war. Um ihn herum liefen die Uhren immer einen Ticken langsamer. Auf die Spiele hätte ich verzichten können. Auf die Ruhe, die der Kapitän ausstrahlte, ehrlich gesagt, nicht. Karla war noch seltener zu sehen, als ich gedacht hatte. Zwei, drei Mal kam sie reingeschneit und lud mich zu einer Joggingrunde ein. Manchmal schloss ich mich ihr an, manchmal nicht. Je nachdem, wie hoch meine Toleranzschwelle für Niederlagen an dem betreffenden Tag lag. Sirin machte mich mit ihrem Kontrollzwang wahnsinnig. Meistens. Die Tatsache, dass sie sich oftmals für ihr Verhalten entschuldigte, machte es aber extrem schwer, ihr sauer zu sein. Auf lange Sicht gesehen. So war der Stand der Dinge. So lebten wir nebeneinander her. Jeder hatte seine Macken. Manchmal gab es Zoff, doch im Großen und Ganzen ließen wir uns gegenseitig in Ruhe. Und dann war da Luka. Der blassblaue Punk, der nach keinen Regeln spielte, keine Abläufe hatte, an denen man sich orientieren konnte. Dessen Stimmung stündlich wechseln konnte. Konnte, nicht musste. Der an einem Abend der verständnisvollste Mensch der Welt war und dir heißen Tee an den Schreibtisch brachte, und am nächsten rücksichtslos deine Schlüssel klaute, weil er seine verlegt hatte. Bei Luka konnte man sich auf nichts verlassen und musste mit allem rechnen. Ich warf einen letzten Blick in den Spiegel und schnaubte abfällig.

»Schneewittchen.«

Dann ging ich duschen. Abschalten konnte ich trotzdem nicht. Ich musste den Knackpunkt finden. Die Mädels gaben mir auch Spitznamen. Matt. Matty. Keiner sagte wirklich Matthew. Das konnte ich mögen. Ich konnte es auch bleiben lassen. Gefeit war man dagegen sowieso nicht. Namen abzukürzen lag irgendwie im menschlichen Genpool. Und hier kam das große Aber: Das Schneewittchen hatte einen Subtext! In einer Sprache, die ich nicht verstand. Ich wusste nur, er war da. Luka konnte mir alle Spitznamen dieser Welt geben. War mir egal. Aber Schneewittchen, beziehungsweise Snow White, zerrte an meinen Nerven. Und die Tatsache, dass ich langsam anfing, ihn selbst zu benutzen, war verstörend und nur damit zu erklären, dass er diese Bezeichnung so selbstverständlich gebrauchte, als hätte man mich auf diesen Namen getauft. Falsch. Als wäre ich damit geboren worden. Als wäre das der einzig richtige Name für mich und Matthew ein riesengroßer Irrtum. Ich drückte den Hebel der Mischbatterie nach unten, wickelte mich in ein Handtuch und trat wieder vor den Spiegel. Mit dem Unterarm wischte ich den Dunst von der Scheibe. Durch die Hitze hatte ich ein bisschen Farbe im Gesicht. Die konnte man sonst vergeblich suchen. Neben einer Schwarzweißfotografie fiel ich nicht auf. Mit dem Zeigefinger schmierte ich Worte auf das angelaufene Glas: Du bist ein Idiot, Matthew! Einsicht war der erste Weg zur Besserung. So einfach es auch war, zu behaupten, dass alles, was Luka tat, willkürlich geschah. Es war schlichtweg falsch. Ich hatte es nur übersehen, weil ich sauer war. Auch er hatte Gewohnheiten. Solche, die einen über kurz oder lang so zermürbten, dass man nicht merkte, wie man einen Namen, eine Eigenschaft oder eine Denkweise untergejubelt bekam. Er war oft nicht zu Hause und noch öfter nicht in der Uni. Wann und für wie lange er das Haus verließ, variierte. Ich hatte Sirin einige Male danach gefragt. Bestimmt bei seinen Eltern, war ihre stete Antwort. Trotzdem war er keiner dieser regelmäßigen Wochenendheimfahrer. Und am meisten irritierte mich, dass er manchmal sehr spät abends, oder gar nachts, tonlos die Wohnung verließ. Sirins Einschätzung blieb dieselbe. Ich hingegen war skeptisch. Es waren unregelmäßige Gewohnheiten. Gewohnheiten waren es aber trotzdem. Ich konnte sie nur nicht einordnen. Ich zog mir ein frisches T-Shirt über, rubbelte mir die Haare trocken und sah auf die Saugnapfuhr, die am Fliesenspiegel hinterm Waschbecken klebte. Halb vier Uhr morgens. Um neun Uhr musste ich diese beschissene Klausur schreiben. Mir war zum Heulen zumute. Nicht nur, dass ich keinen blassen Schimmer hatte, wie ich auch nur eine einzige Aufgabe korrekt lösen sollte. Zudem war ich völlig übermüdet, fix und alle. Ich huschte leise über den Flur und versuchte, nicht panisch zu werden. Auf meinem Schreibtisch saß im Schneidersitz Luka und blätterte meine Unterlagen durch. Dafür hatte ich definitiv keine Nerven. Nicht jetzt. Nicht heute. Eigentlich gar nicht, aber vor allem nicht heute. Ich schlich einfach am Schreibtisch vorbei, ohne ihn eines Blickes zu würdigen, und ließ mich, Gesicht voran, auf mein Bett fallen. Mit der rechten Hand gestikulierte ich irgendwo hin. Ob da die Tür war, war nachrangig. Luka wusste schon, was ich ihm damit sagen wollte. Ich hörte Schritte und hegte fast die leise Hoffnung, dass er einfach ging. Dann spürte ich eine Hand auf meinem Hinterkopf, die mir bemitleidend durch die Haare strich. Holy fucking Jesus! Das konnte ich nicht ertragen! Ich schrie in mein Kissen und krallte meine Finger ins Bettlaken. Das konnte doch alles nicht wahr sein. Die Hand verschwand, dann seine Schritte. Luka ging ohne ein Wort. Die Tür ließ er offen. Ich schluckte, drehte mich und zog die Knie bis unters Kinn. Das war auch eine seiner komischen Gewohnheiten, die ich nicht verstand. Manchmal kam er einfach in mein Zimmer. Nachts. Zwischen drei und vier Uhr. Er klopfte nicht. Oder er klopfte und ich hörte es nicht, weil ich schlief. Keine Ahnung. Dann setzte er sich im Schneidersitz auf meinen Schreibtisch und wartete ab, ob ich etwas sagen wollte. Was dachte er? Natürlich wollte ich nichts sagen! Nicht mitten in der Nacht. Nicht ohne Grund. Wenn ich schwieg, erzählte er mir irgendetwas. In der Regel war die WG das Thema. Robert hatte offenbar sein Studium schon lange in der Tasche. Luka sagte, anstatt sich mit seinem Abschluss auf und davon zu machen, habe er seinen Eltern gar nicht erzählt, dass er seine Abschlussarbeit eigentlich nur noch abgeben musste. Er sei mit sechs eingeschult worden, habe auf dem Gymnasium eine Klasse übersprungen, somit sehr jung das Abitur abgelegt, und hatte nun schlicht die Schnauze voll von der ganzen Hetzerei. Zwangsexmatrikuliert wurde man nach dem zwölften Semester, und laut Luka wollte Robert das bis zur letzten Sekunde auskosten. Zu Recht. Lukas Meinung. Die Ansicht konnte ich teilen. Wieso ich das unbedingt wissen musste, und wieso ich es nachts um vier erfahren musste, verstand ich allerdings nicht. Von sich selbst erzählte Luka auch nachts nichts. Wenn er mir keine Geschichten von der WG erzählte, redete er über Musik. Über Songs, die er schreiben wollte, aber nicht weiterkam. Über Lieder, die ihn früher wahnsinnig gemacht hatten, weil sie schrecklich schwierig erschienen, und es irgendwann einfach klick gemacht hatte. Außerdem schlug er mir mindestens tausend vierhändige Klavierstücke vor. Luka plapperte ohne Punkt und Komma, und ich lag in der Regel still in meinem Bett und sah ihn verständnislos an. Bis er schließlich vom Tisch rutschte, salutierte und ging. Und dann gab es die Nächte, in denen er rüber kam, sich gegen den Türrahmen lehnte, mir eine Frage stellte und kurz darauf schulterzuckend den Rückzug antrat, wenn ich diese einfach ignorierte und mir das Kissen über den Kopf zog. Heute hatte er nicht einmal eine Frage gestellt. Das war neu. Aber ich ging ja auch gerade auf dem Zahnfleisch. Vielleicht hatte er gemerkt, dass mit mir in dieser Nacht nicht gut Kirschenessen war. Neben meinem Kopf wackelte plötzlich die Matratze. Ich seufzte. Jetzt war mir klar, warum Luka die Tür nicht geschlossen hatte. Kater Nein rollte sich neben meinem Kopf zusammen und schnurrte laut vor sich hin. Ich rückte ein Stück nach vorn und kraulte das vibrierende Fellknäuel hinter den Ohren. Würde ich natürlich niemals zugeben.

In meinem Traum tanzte ein Piratenquartett orientalischen Bauchtanz. Ich lag im Dämmerschlaf, aber irgendeine meiner hinteren Gehirnwindungen sagte mir, dass ich deshalb diesen Blödsinn träumte, weil sich Robert und Sirin vor meiner Tür anbrüllten.

»Du bist doch derjenige, der die Nächte hier durchzockt, nachts kocht, nachts duscht.«

»Ja und?«

»Gestern Nacht warst du doch hier, oder nicht?«

»Jetzt mach mal halblang, Sirin! Nein, war ich nicht! Und ich habe auch keine Ahnung, wer diesen Scheiß dahin geschmiert hat. Frag die anderen und lass mich in Ruhe. Ich geh jetzt schlafen!«

Kurz danach hörte ich seine Tür zuschlagen und Sirin vor sich hinmeckern. Stöhnend drehte ich mich auf die Seite und linste auf die Uhr an meinem Handy. Viertel nach acht. Scheiße! Mein Herz rutschte mir in die Hose und ich stolperte hektisch aus dem Bett. Wild durchwühlte ich die Klamottenhaufen nach irgend einem Kleidungsstück, das nicht roch, als wäre darin etwas gestorben, und stürmte aus meinem Zimmer, an Sirin vorbei. Die angelte nach meinem Arm und stoppte mich kurz vorm Bad.

»Matt, hast du heute Nacht ...«

Ich hörte gar nicht zu. Mir war schlecht. Keine Ahnung, wie ich es in einer halben Stunde zur Uni schaffen sollte. Scheiß aufs Haarekämmen, Zähneputzen musste reichen. Wahrscheinlich sah ich aus wie der Tod persönlich. Alles egal. Sirin umklammerte mein Handgelenk mit der einen Hand und stemmte die andere auf die Hüfte.

»Matt ...«

Grob riss ich mich los und hob die Arme in die Luft, damit sie nicht mehr nach mir greifen konnte.

»Sirin! Nein! Heute nicht. Lass deinen ganzen Kontroll- und Phobiescheiß stecken und hau ab. Nicht jetzt!«

Ich tippte auf mein Handgelenk, an dem zwar keine Uhr war, was aber trotzdem deutlich machte, dass ich keine Zeit hatte.

»Klausur.«

Diesen Brocken warf ich ihr hin und hoffte, er würde ein Mindestmaß an Verständnis wecken. Dann schlug ich ihr die Badtür vor der Nase zu. Natürlich meckerte sie vor der Tür. Aber ihre Stimme wurde immer leiser. Das bedeutete, dass sie den Rückzug angetreten hatte. Gut. Sie hatte ich also schon mal aus dem Kreuz. Ich versuchte, mich gleichzeitig anzuziehen, die Zähne zu putzen und mich nicht schreiend auf dem Boden zusammenzurollen. Dabei veranstaltete ich eine riesen Sauerei im Waschbecken, die mir aber gestohlen bleiben konnte. Nachdem ich es letztendlich geschafft hatte, eine blaue und eine schwarze Socke anzuziehen, und wieder aufrecht stand, wollte ich wenigstens noch einen halben Blick in den Spiegel werfen. Konnte aber nicht. Denn der war von oben bis unten mit knallrotem Lippenstift beschmiert. Kurz hielt ich inne und starrte verständnislos zwischen leuchtenden Zahlen und Buchstaben hindurch. Was das sein sollte? No idea! Ich hatte nicht die leiseste Ahnung. Und es war mir auch völlig egal. Es erklärte aber natürlich, warum Sirin vor Wut tobte. Gehetzt stolperte ich durch mein Zimmer, sammelte Handy, Stifte und Papier ein und stürzte Richtung Haustür. In der Küche saß Sirin am Tisch und rührte in einer Kaffeetasse. Kaffee. Nein.

Keine Zeit. Ich zwängte mich in meine Schuhe und steckte die Schnürsenkel einfach in die Seiten. Kein Mensch konnte mit zittrigen Fingern Schuhe schnüren.

»Matty?«

Nicht mich ansprechen! Nicht heute, nicht jetzt. Lasst mich alle in Ruhe! Ich hob eine Hand und schüttelte den Kopf, dann war ich aus der Tür. Gedämpft hörte ich, dass Sirin mir viel Glück gewünscht hatte. So leid es mir tat, sie so übergangen zu haben, selbst Glückwünsche passten nicht in die letzten zwanzig Minuten, die mir blieben, um rechtzeitig am Hörsaal zu sein. Außerdem war Glück eines der Dinge, die ich sowieso nicht hatte. Wahrscheinlich wurde ich auf dem Weg von einer Straßenbahn überfahren. Das war eher die Art Glück, mit der ich rechnen konnte. Jetzt rächte sich, dass ich nicht häufiger mit Karla joggen ging. Ich sprintete durch die Straßen, bekam Seitenstechen, musste verschnaufen. Dann lief ich weiter. Es half ja alles nichts. Die Uhr auf meinem Handy zeigte zehn vor neun, als ich endlich das Unigelände erreicht hatte. Die Suche nach einem halbwegs brauchbaren T-Shirt hätte ich mir sparen können. Ich war komplett durchgeschwitzt. Mann! Reichte es denn nicht, dass ich gleich kläglich versagen würde? Musste ich das unbedingt keuchend und klitschnassgeschwitzt ertragen? Offenbar schon. Ich holte tief Luft, dann öffnete ich die Tür zur Eingangshalle und joggte die Stufen nach oben. In dem alten Klostergebäude war ich seit der Einführungsveranstaltung nicht mehr gewesen. Alle meine Kurse waren im Neubau. Ich lief also durch die große Halle mit den Marmorsäulen, vorbei an den Aufzügen, die immer außer Betrieb waren, und stieß die Tür zum Treppenhaus auf. Dritter Stock. Fuck my life! Zwischen Stock Eins und Zwei konnte ich nicht mehr atmen, auf halbem Weg zu Stock Drei wollte ich einfach nur noch sterben. Warum tat ich mir das eigentlich an? Um zwei Stunden in diesem Saal gefangen zu sein und blöd vor mich hinzustarren? Luftblasen auf Papier zu kritzeln? Einen Entschuldigungsbrief an den Korrektor zu schreiben, weil ich zu blöd war, um seine vermeintlich einfachen Aufgaben zu lösen? Lag alles im Bereich des Möglichen. Oben angekommen, wischte ich mir den Schweiß von den Schläfen und kämmte mit den Fingern durch meine zotteligen Haare. Drei Minuten vor neun. Sagte die Uhr auf meinem Handy. Gerade liefen die letzten Kursteilnehmer in den Hörsaal und der Letzte schloss langsam die Tür hinter sich. Dann vibrierte es in meiner Hand. Kettenschlumpf stand in der Kopfzeile. Oh nein! Nicht jetzt. Gereizt starrte ich auf das leuchtende Display, und wollte es gerade ausschalten, als mir die Textvorschau angezeigt wurde: Muss man dir alles hinterhertragen? Anhang: Bilddatei. Das ließ mich kurz innehalten. What? Was hatte ich vergessen? Was, um alles in der Welt, konnte er damit meinen? Stift, Papier, Personalausweis, Studentenausweis. Taschenrechner?

War vermutlich in meiner Tasche. Was also sollte diese Frage? Die Tür war schon geschlossen. Zu spät kam ich also sowieso. Ich stöhnte und verdrehte die Augen. Dann klickte ich seine Nachricht an. Was zur Hölle? Ich starrte das Foto an und war vollkommen irritiert. Was sollte das sein? Ich drehte das Handy in jede Richtung, aber das Ergebnis blieb dasselbe. Ich schüttelte den Kopf und steckte das Handy in meine Hosentasche. Dann vibrierte es nochmal und ich zog es wieder hervor.

KETTENSCHLUMPF & DU

Stur von oben nach unten. Für den Weg musst du dir irgendwas ausdenken. (08:59)

Ich öffnete noch einmal den Anhang. Irgendwie kam mir das bekannt vor. Und langsam aber sicher dämmerte mir, was ich in leuchtend roten Lippenstiftlettern vor einer Dreiviertelstunde auf dem Spiegel gelesen hatte. Nämlich genau dasselbe, wie hier. Und wenn Luka hier nicht ein richtig krankes Spielchen mit mir spielte, handelte es sich dabei um systematisch aufgereihte Rechenergebnisse. Ergebnisse für meine Klausur? Keine Ahnung. Hoffentlich. An diesem Punkt hatte ich keine andere Wahl, als ihm zu vertrauen. Eine Minute nach neun. Ich steckte das Handy zurück in die Hosentasche und huschte leise in den Hörsaal.

Auf dem Heimweg hatte ich die anstehende Unterhaltung schon mindestens zehn Mal in zehn verschiedenen Varianten in meinem Kopf geführt. Um das Dankeswort drückte ich mich in jeder davon. Einerseits, weil ich ein arroganter Vollidiot war, andererseits, weil ich es hasste, anderen etwas schuldig zu sein. Vermeintlich schuldig. Ich wusste ja noch nicht, ob mich Luka nicht vielleicht doch reingelegt hatte. Ich stieg aus der Bahn und bog links in unsere Straße ein. Mit jedem Schritt wurde ich langsamer, und das Wort Dankeschön immer schwerer auf meiner Zunge. Letztendlich steckte ich den Schlüssel ins Schloss und trat in die Küche. Auf dem Esstisch stapelte sich Wäsche. Und Luka war gerade dabei, den ganzen Berg in einen Wäschekorb zu schieben. Schlüssel und Ketten rasselten laut, dann schlüpfte er in lose gebundene Turnschuhe und eilte Richtung Tür. Ich gab mir eine mentale Ohrfeige. Jetzt! Kurz und schmerzlos!

»Ähm. Luka. Ich wollte ...«

Er balancierte den Korb auf einem Bein, schob die Tür mit der Schulter auf und tippte sich mit zwei Fingern gegen die Schläfe. Auch eine Version des Saluts. Wo waren wir hier? Beim Militär?

»Sorry, hab's eilig.«

»Ich wollte auch nur ...«

»Ja, ja. Schon gut. Keine Ursache. Bis später.«

Und zack, weg war er. Hätte mir entgegenkommen sollen, ließ mich aber vollkommen unbefriedigt zurück. Lag vielleicht mitunter am Schlafentzug der letzten Tage. In meinem Zimmer warf ich die Tasche in die Ecke und verkroch mich im Bett. Eine Weile wälzte ich mich von einer Seite zur anderen, dann stand ich wieder auf und holte mein Handy aus dem Rucksack. Ein Blick auf die Uhr. Dann rechnete ich, weil ich das ja so gut konnte, wie sich an diesem Morgen gezeigt hatte, und tippte letztendlich einfach auf den grünen Telefonhörer. Im Grunde war mir die Zeitverschiebung ziemlich egal. Ich musste mit meiner Schwester sprechen, Uhrzeit hin oder her. In der Leitung ertönte das Freizeichen und nach einiger Zeit Jess' verschlafene Stimme.

»Hey Baby.«

Ich verdrehte die Augen.

»I'm not your lover. You do know that, don't you?«

Am anderen Ende der Leitung kicherte es.

»Klar, kleiner Bruder.«

Ich verdrehte erneut die Augen. Wir waren so nicht aufgewachsen. Wieso sprach sie deutsch mit mir? Obwohl. Falsch. Ich war so nicht aufgewachsen, sie schon. Sie hatte viel mehr Zeit mit unseren Großeltern verbracht als ich. Sie war tatsächlich zweisprachig aufgewachsen. Ich hatte zwar die Ausläufer mitbekommen und war auf dieselbe deutsche Schule gegangen, aber sie war definitiv besser als ich. Sie konnte in ihrem Kopf einfach einen

Schalter umlegen, ich musste nachdenken. Und natürlich war sie die Pest. Ich versuchte, diese unterschwellige Stichelei zu ignorieren.

»Wie geht's, Jess?«

Es raschelte, dann hörte ich das Klappern einer Tür. Offenbar hatte sie sich aus dem Schlafzimmer geschlichen.

»Was ist los, Matt? Geht es dir gut?«

»What?«

»Du bist nicht der Typ für Smalltalk, und trotzdem fragst du mich, wie es mir geht. Hier stimmt was nicht.«

»Jess, ich hab eine ganz normale Frage gestellt.«

»Oh nein. Du stellst keine ganz normalen Fragen. Du rufst mich auch nicht an. Except you do. Right now. Irgendetwas ist los. Ich kann jetzt Ewigkeiten raten oder du rückst einfach mit der Sprache raus.«

Ich seufzte. Telefonate mit meiner Schwester entpuppten sich meistens als nervenzehrendes Unterfangen. Wieso vergaß ich das immer wieder?

»Ich hab schon keine Lust mehr, mit dir zu sprechen. Am besten, du gehst zurück ins Bett und vergisst, dass ich angerufen habe.«

»Sei nicht so empfindlich. Warum rufst du an?«

Keine Ahnung. Warum rief ich eigentlich an? Wollte ich ihren Rat? Wollte ich einfach nur eine vertraute Stimme hören? Ich kaute auf meiner Unterlippe herum und schwieg eine Weile, hörte dem Blubbern der Kaffeemaschine am anderen Ende der Leitung zu. In dieser Beziehung waren wir uns sehr ähnlich, Jess und ich. Ohne Kaffee ging gar nichts. Ich hörte, wie sie einen Stuhl über den Boden zog, und ein leises Seufzen.

»Spit it out, Matthew. Wie heißt er?«

»Ich weiß nicht, von wem oder was du redest.«

»Lügner. Du rufst mich nicht an, wenn nicht irgendetwas dein Hirn blockiert. Und meine Frage, ob du schon jemanden gefunden hast, den du hassen kannst, hast du nie beantwortet. Ich kann Eins und Eins zusammenzählen.«

Da war sie mir einen großen Schritt voraus. Mathe war ganz offensichtlich nicht meine Stärke. Ich dachte kurz darüber nach, ob ich ihr von dieser desaströsen Klausur erzählen sollte, aber sie kannte mich zu gut, als dass sie das nicht sofort als Ablenkungsmanöver entlarven würde. Also besser nicht. Ich setzte mich an den Schreibtisch, ließ meinen Kopf auf die Tischplatte fallen und jammerte in den Hörer.

»Luka. Ich hasse ihn. Er ist der Teufel.«

Jess lachte.

»Nein. Tust du nicht.«

»Oh doch. Und wie. Er macht mich verrückt. Vergiss den letzten Satz. Er macht alle verrückt!«

In diesem Moment polterte es im Gang und anschließend direkt vor meinem Zimmer. Ich bat Jess, kurz in der Leitung zu bleiben, und öffnete die Tür. Begrüßt wurde ich von Sirin und ihrem Todesblick.

»So! Die Klausur ist vorbei. Jetzt reden wir über die Schmiererei im Bad!«

»Sirin, meine Schwester ist am Telefon.«

»Schön. Richte ihr viele Grüße aus. Sie kann dir bestimmt den Zweck von Lippenstiften erklären.«

Oh Gott. Wenn Jess das mit angehört hatte, legte ich am besten gleich auf. Ich raufte mir die Haare und hob abwehrend die Hände.

»Das war ich nicht! Das war Luka!«

Sirin tippte ungeduldig mit den Fingern gegen den Türrahmen.

»Das weiß ich mittlerweile. Trotzdem war es für dich bestimmt. Ich verstehe nicht, warum ihr nicht wie normale Menschen miteinander umgehen könnt. Karla und ich schreiben uns doch auch keine Lippenstiftnachrichten auf den Spiegel. Kriegt das in den Griff! Aber darum geht es gerade gar nicht. Der Spiegel sieht immer noch aus wie Schwein. Und es war mein verdammter Lippenstift. Der ist jetzt ein Fall für die Tonne!«

Ich zog die Schultern hoch und ließ sie ihre Schimpftirade beenden. Als sie mich nur noch böse anstarrte, holte ich Luft.

»Ich werde den Spiegel putzen. Und ich kaufe dir einen neuen Lippenstift. Okay?«

Sirin nickte.

»Gut. Und fütter den Kater. Der nervt.«

Herrgott nochmal! Ich wollte schreien und Dinge gegen die Wand werfen. Stattdessen hob ich den Hörer an mein Ohr und schloss die Tür hinter mir. Dann wartete ich fast zehn Minuten, bis sich Jess beruhigt hatte und endlich aufhörte zu lachen.

»Du kriegst also rote Lippenstiftküsschen von ihm, hm?«

»Ich kriege keine Küsschen!«

Ich kannte meine Schwester. Sie wollte die ganze Geschichte hören. Jetzt erst recht. Also füllte ich die zuvor sporadisch geführten Gespräche, die wir per Chat geführt hatten, mit Leben, und gab ihr einen Abriss dessen, was sich an diesem Ende der Welt so zutrug.

»Hast du schon mal darüber nachgedacht, dass er vielleicht einfach nur versucht, dein Freund zu sein?«

Ich schnaubte abfällig.

»Hervorragende Art, das zu zeigen.«

Daraufhin schnaubte sie in der gleichen Art und Weise.

»Matt! Darf ich dich daran erinnern, dass Jake dich einmal in der U-Bahn einfach hat sitzen lassen. Du hast geschlafen und bist im Bahnhofsdepot geendet. Eingesperrt. Nachts. Wo genau liegt der Unterschied zu dem, was Luka tut?«

Genervt kniff ich die Augen zu.

»Das war etwas ganz anderes, Jess.«

»Blödsinn. Du machst es nur zu etwas ganz anderem.«

»Du kennst Luka nicht.«

»Nein. Aber dich!«

Allein ihr Tonfall setzte der Diskussion ein Ende. Sie gähnte laut und steckte mich an. Kein Wunder. Schließlich hatte ich, was Nachtruhe anging, ein riesiges Defizit.

»Lass uns schlafen gehen, Matt.«

»Hmhm.«

»Matthew?«

»Yes?«

»Deine Erzählungen von Robert klingen, als sei er ein ganz Netter. Aber lass die Finger vom Gras, okay?«

Ich verdrehte die Augen.

»Jess. Ich bin kein Kind mehr.«

»Das hast du damals auch gesagt, Matt.«

»Oh, come on!«

»Promise me?«

»Ja, Jess. Ich verspreche es.«

Wir legten auf und ich spielte mit dem verlockenden Gedanken, einfach die Augen zu schließen. Mein schlechtes Gewissen trieb mich aber rüber ins Badezimmer, um den verdammten Spiegel zu putzen. Im Anschluss angelte ich das Katzenfutter aus dem Küchenschrank. Das Vieh folgte mir auf Schritt und Tritt. Ich leerte ein Häufchen Trockenfutter auf den Boden. Damit musste er klarkommen. Entweder er fraß oder er ließ es bleiben. Das war nicht mein Problem.

KETTENSCHLUMPF & DU

Hast du den Kater gefüttert? (15:10)

Ja. (15:11)

Lass deine Zimmertür offen. (15:11)

Warum? (15:15)

Damit er rein kann. (15:15)

Der soll woanders schlafen. (15:16)

Wenn du meinst ... (15:17)

Vor meiner Tür jammerte Kater Nein. Womit hatte ich das verdient? Ich stand auf, ließ den Kater in mein Zimmer und ging wieder ins Bett. An meinem Kopfende brummte das Flohhotel.

KETTENSCHLUMPF & DU

Ich kauf ihr einen neuen Lippenstift. (19:23)

Das nahm ich zur Kenntnis. Ich linste auf die Uhr. Man hatte mich tatsächlich den ganzen Tag in Ruhe gelassen. Erstaunlich. Und schon war die Ruhe vorbei. Mein Handy blinkte mit einer neuen Nachricht. Ich klickte den Briefumschlag an.

KETTENSCHLUMPF & DU

Wenn ich du wäre, würde ich da morgen Abend nicht hingehen. (19:24)

Aha. Ich knirschte mit den Zähnen. Wie hatte Luka schon wieder Wind von der Einladung bekommen? Dann nahm ich mir das Gespräch mit meiner Schwester zu Herzen und antwortete.

KETTENSCHLUMPF & DU

Und warum? (19:26)

Weil das nichts ist, wo du hin willst. (19:27)

Ach, das entscheidest du? (19:27)

Nein. Das entscheidest du. Ich erzähle dir nur, dass ich weiß, wer dort sein wird und was da so abgeht. (19:28)

Du bist nicht mein Babysitter. (19:30)

Nein. Bin ich nicht. (19:31)

Warum verhältst du dich dann so? (19:32)

Tu ich doch gar nicht. Du bist einfach eine Drama Queen. (19:32)

Und du kannst mich mal! (19:34)

Zwei Dinge. Erstens: Ich würde den Teufel tun und auf Lukas Ratschläge hören. Zweitens: Mir war deutlich wohler, seit Robert zugesagt hatte, mich zur Verbindungsparty zu begleiten. Es hatte allerdings einige Überredungsarbeit gekostet. Wir standen vor den Toren des Verbindungshauses und sahen die Treppe hinauf.

»Du hättest Karla mitnehmen sollen.«

»Wieso?«

»Die hätte sich über die vielen Stufen gefreut.«

Ich zuckte mit den Schultern und ging voran. Die Haustür war mit Ballons in den Verbindungsfarben Grün, Weiß und Gelb geschmückt, was der Angelegenheit einen Kindergeburtstagscharakter verlieh. Darunter hing ein Zettel: Tür ist offen. Robert quetschte sich an mir vorbei, trat in den Hausflur und ging schnurstracks auf die Kellertreppe zu. Ob er hier schon einmal gewesen war und sich deshalb auskannte, oder ob er blindlings der Musik folgte, konnte ich nicht sagen. Das ganze Treppenhaus war gesäumt von Fotografien, die alle dasselbe zeigten: Studenten, die eine Schärpe trugen und ein Abschlusszeugnis in der Hand hielten. Scheinbar hatte ich mit dieser Einladung auch einen Freifahrtschein durchs Gruselkabinett erhalten. Die Treppe endete in einem schmalen Gang, der ohne Tür direkt in einen, mit weißer Kalkfarbe getünchten, Gewölbekeller führte. In der Mitte waren Stehtische aufgebaut. Alle hübsch in eine weiße Husse gehüllt. Die Bar am anderen Ende des Kellers war genauso schneeweiß und auf Hochglanz poliert. Auf der rechten Seite waren Weinregale in die Gewölbe eingelassen, die bis oben hin gefüllt waren. Auf der anderen Seite fehlten die Regale. Dafür stand in jedem Gewölbe eine Ledercouch. Schwarz. Ausnahmsweise. Es war der unterirdische Abklatsch einer dieser snobistischen Wolkenkratzerlounges, in denen man alleine dafür fünfhundert Tacken auf den Tisch blättern musste, um mit dem Fahrstuhl nach oben fahren zu dürfen. Zu Partys gehörten Pappbecher und Erdnüsse. Hier standen Weinkelche aus Kristallglas und Häppchen auf Silbertabletts. Ich lief Robert hinterher, der sich anstatt eines Glases eine ganze Weinflasche schnappte und alle zwei Meter einen Käse-Trauben-Spieß in den Rachen schob. Er hatte offenbar null Probleme mit den Attitüden der High Society in spe. Am Ende des Kellers auf einem verchromten Barhocker entdeckte ich Kim. Seit mehreren Jahren Austauschstudentin. Ursprünglich aus Singapur. Und Grund für meine Einladung. Sie winkte mir entgegen und Robert wackelte mit den Augenbrauen. Ohne Worte. Ich ging erst gar nicht darauf ein. Hinter mir hörte ich meinen Namen und drehte mich deshalb um. Auf mich zu kam der Typ mit der Schärpe, dem Seitenscheitel und der Bundfaltenhose, der zu Beginn des Semesters die Einführungsveranstaltung geleitet hatte. Dieses Outfit schien eine Uniform zu sein. Er sah exakt aus wie damals. Grinsend kam er auf mich zu und gab mir die Hand. Dabei hielt er mit der anderen meinen Ellenbogen fest. Mir blieb also gar nichts anderes übrig, als in Armeslänge vor ihm stehenzubleiben. Hatte dieser Mensch etwa noch nie etwas von persönlichen Komfortzonen gehört? Er überschritt meine mit dieser Aktion jedenfalls in erheblichem Maße. Alphamännchengehabe. Pack doch gleich die Eier aus und präsentier sie auf dem Tresen. Ich hatte gerafft, dass er der Gastgeber war und ich meine Einladung nur Kims Gutmütigkeit zu verdanken hatte. Schon klar. Die Elite blieb lieber unter sich. Ohne meinen Ellenbogen loszulassen, deutete er auf die Gewölbereihen.

»Was darf ich anbieten? Regionalen Wein? Oder lieber etwas anderes? Moscow Mule? Gin Tonic?«

»Cola?«

Stellte ich die Gegenfrage und er wies mit einer gönnerhaft herablassenden Geste zur Bar. Robert würdigte er keines Blickes. Des Saales verwies er ihn aber auch nicht. Er war scheinbar geduldet. Möglicherweise, um kein Aufsehen zu erregen. Möglicherweise war ihm aber auch bewusst, dass Robert, was das Thema Intelligenz betraf, tatsächlich derjenige war, der hier zur Elite gehörte. Kapitän Rotbart selbst schien von der ganzen Schickimickinummer eher gelangweilt und deutete mir mit der typischen Raucher-Geste an, dass er nach draußen verschwinden würde. Da war ich also alleine mit Herrn Moscow Mule und dem naserümpfenden Barkeeper, der mir meine Cola über den Tresen schob.

»Für die Aufnahme in die Verbindung muss man einige Tests bestehen.«

Ich sah mein Gegenüber aus großen Augen an und er fuhr fort.

»Das kommt selbstverständlich ohnehin nur dann in Frage, wenn der Notendurchschnitt bei VB liegt.«

»VB?«

»Vollbefriedigend.«

»Aha.«

Was sollte ich auch anderes sagen? Dankeschön, aber ich habe sowieso keinen Bock auf euch Pappnasen. Eher weniger. Ich hatte im Laufe der letzten Jahre gelernt, welche Bemerkungen unmittelbar zu Ärger führten. Solche gehörten definitiv dazu. Dass ich nicht sofort loslegte und mir diese ominösen Tests näher erläutern ließ, verstimmte mein Gegenüber. Das sagte er natürlich nicht. Man sah es ihm aber an. An seinen zusammengekniffenen Lippen, der Falte zwischen den Augen und letztlich an der verschränkten Armhaltung. Aus dieser misslichen Lage half mir Kim, die ihren Barhocker verlassen hatte und zu uns rüber kam.

»Hi Matthew!«

Sie schlang ihr Arme um mich und küsste meine Wange. So viel zum persönlichen Distanzbereich. Sie war klein, niedlich, hatte dunkle Mandelaugen und dunkles, glattes Haar im typischen Business-Style. Nicht lang, nicht kurz, kein Pony. Adrett war wohl das passende Wort. Sie trug ein kurzärmliges Satinkleid, das sich an sie schmiegte wie eine zweite Haut. Ich beobachtete, wie sie sich über den Tresen beugte und vom Barkeeper einen bunten Cocktail mixen ließ. Entweder war sie aus Spinnfäden gewoben oder Kim trug keine Unterwäsche. Auf diesem Kleid zeichnete sich nicht eine einzige Linie ab. Insofern tippte ich auf letztere Möglichkeit. Ich trat einen Schritt zurück, um ihr und ihrem Glas Platz zu machen, und kreuzte die Hände hinterm Rücken. Wo, zum Henker, war nur meine Scheißegaleinstellung geblieben? Wahrscheinlich im letzten Bier, das ich getrunken hatte. Vor ungefähr zwei Jahren. Ich kam mir vor wie der letzte Vollidiot. War das normal, wenn man nüchtern eine Party besuchte? Wenigstens schien man mir meine Gedanken nicht anzusehen. Zumindest reagierte Kim nicht darauf. Oder sie war zu sehr abgelenkt. Sie winkte nämlich einer jungen Frau, die lachend auf uns zukam. Blond. Blauäugig. Identische Frisur, identisches Kleid. Unterwäsche? Eher weniger. Sie begrüßten sich mit Umarmungen und Küsschen, die sicherlich nicht mehr unter der Kategorie Höflichkeitsfloskel zu verbuchen waren, und stießen mit ihren Gläsern an. Kim stellte uns gegenseitig vor. Ihr Name war Ana. Mit einem N. Weil das in Osteuropa so geschrieben wurde. Ihr Wortlaut. Dann schnatterten sie in rasender Geschwindigkeit los.

Zwischenzeitlich hatte sich der Keller gefüllt. Um die Stehtische herum drängten sich Menschentrauben, es herrschte ein reges Kommen und Gehen, und es zeichnete sich ab, dass ich die Wenigsten kannte. Kennen war ohnehin übertrieben. Kim saß häufig in Vorlesungen neben mir und war, wie ich, Austauschstudent. Diese Eigenschaft nötigte uns beide, zu diversen Veranstaltungen zu gehen. Man traf sich dort. Man kannte sich aber nicht. Mir wurde es hier unten aber auf jeden Fall zu laut, zu voll und zu stickig. Menschenmassen und ich waren nicht unbedingt kompatibel. Ich gestikulierte Kim und Ana zu, dass ich an die frische Luft musste und schob mich durch die Menge. Auf dem Weg nach oben begegneten mir die unterschiedlichsten Gestalten. Alle rochen sie nach Geld. Ganz egal, ob sie es tatsächlich hatten oder nicht. Es sollte auf jeden Fall so wirken. Man hatte sich sogar auf bestimmte Accessoires geeinigt, die Prestige ausdrückten. Bei den Damen waren es die Perlenketten, bei den Herren erstaunlicherweise nicht die Armbanduhren, sondern die Segelschuhe und Halstücher. Mann von Welt trug heutzutage Halstuch. Lächerlich. Ich sah an mir runter. Jeans und T-Shirt schrien förmlich: Der schaut hier nur kurz vorbei. Am oberen Ende der Treppe angekommen, konnte ich wenigstens wieder atmen. Draußen war es dunkel und es ging ein kühler Wind. In die Büsche, die den Vorhof säumten, waren Laternen gesteckt, die alles in ein warmes, orangenes Licht hüllten. Auf einem Mauervorsprung saß Robert und unterhielt sich mit einem Typen, den ich nicht kannte. Keine Schärpe. Nach dem Ausschlussprinzip also kein Verbindungsstudent. Ich konnte mich aber auch täuschen. Ich nickte ihnen zu und setzte mich neben Robert. Der steckte sich eine Zigarette an und reichte sie mir rüber. Ganz automatisch griff ich danach und merkte erst im letzten Augenblick, was ich da tat. Robert grinste.

»Hab ich's doch gewusst! Nur Ex-Raucher sind so stur wie du.«

»Ich hab nie behauptet, dass ich keiner bin.«

Er zuckte mit den Schultern und rieb sich den Bart.

»Stimmt.«

Dann hielt er mir sein Bier hin. Bier? Wo hatte er das denn ausgegraben? Ich schüttelte den Kopf.

»Sicher, Matt? Manche Dinge kann man nur im Suff ertragen. Meine Devise.«

Wahres Wort. Trotzdem lehnte ich ab. Ich stützte mich gegen den Mauerpfosten und beobachtete eine ganze Weile das Treiben um mich herum. Eine halbe Stunde? Eine Ganze? Konnte ich nicht sagen. Eines dämmerte mir aber. Das war eine gottverdammte Party. Ende der Geschichte. Hier war es allerhöchstens innerhalb der ersten zwei Stunden ums Anwerben neuer Mitglieder gegangen. Wenn überhaupt. Schärpen, Krawatten, Hemd und Kragen. Businesskostümchen und schicke Kleider. Das war doch eine Farce. Wem wollten die eigentlich etwas vormachen? Sich selbst? Dem vermeintlich niederen Fußvolk? Lächerlich! Tatsächlich ging es darum, sich ins Delirium zu saufen. Möglichst mit distinguiertem Gesichtsausdruck dabei. Sahen die denn nicht, was ich sah? Oder stach mir diese Tatsache deshalb so ins Auge, weil ich einer der wenigen Nüchternen war? Jeder Dritte wankte, die meisten konnten ihre Augenlider nicht mehr richtig offenhalten oder ihren Blick fokussieren. Der Typ, der mit Robert sprach, hatte seinen letzten Satz mindestens drei Mal wiederholt, ohne es zu merken, und die Perlenpaula, die gerade an mir vorbei lief, verkündete lauthals, dass sie zur Toilette müsse, lief aber die Treppen in Richtung Parkplatz hinunter. Na, viel Glück dabei. Ich wünschte mir einen Joint und einen Schnaps. Ich sah Robert an, stand auf und verließ den Vorhof, bevor ich in Versuchung geriet. Auf dem Weg nach unten fiel mir Kim in die Arme. Fiel. Im wahrsten Sinne des Wortes. Sie wackelte auf ihren High Heels, stolperte, und ich fing sie gerade noch auf, bevor sie am Boden landete. Sie wischte sich die Haare aus dem Gesicht und kicherte.

»Hello, knight in shining armor.«

»Wenn ich eines ganz gewiss nicht bin, dann das.«

»Sei nicht so bescheiden. Komm mit!«

Sie nahm mich an der Hand und zog mich hinter sich her, rein in den Gewölbekeller, schnurstracks auf eines der Ledersofas zu.

»Ana! Schau, ich habe meinen Retter mitgebracht.«

Ana warf mir Luftküsse zu. Ganz eindeutig. Die zwei waren abgefüllt bis zum Rand. Ana rückte zur Seite und klopfte neben sich auf die Couch. Im selben Augenblick setzte sich Kim und zog mich mit runter, zwischen sich und Ana. Sie schlug ihre Beine über mein rechtes Knie und Ana streichelte lasziv über Kims Oberschenkel. Über ihren. Nicht meinen. Und trotzdem hielt ich die Luft an. Selbstverständlich. Was war das denn? Ich schielte zu Kim, dann zu Ana und mir war sofort klar, dass ich da erstens so schnell nicht rauskam und zweitens sie trotz des Alkoholpegels genau wussten, was sie taten. Ich kaute auf meiner Lippe und schluckte, doch Ana schüttelte leicht den Kopf. Sie legte ihren Zeigefinger auf meinen Mund und flüsterte.

»Nicht. Die brauchen wir noch.«

Holy fucking Jesus! Einfach den Kopf ausschalten, Matthew, einfach den Kopf ausschalten. Diese Zeilen rotierten wie ein Mantra vor meinem geistigen Auge und verfielen in Starre, als Kim sich an meinem Oberarm festhielt und sich nach vorn beugte, um Ana zu küssen. Ich leckte über meine spröden Lippen und versuchte, nicht vor Anspannung zu zittern. Ein Ding der Unmöglichkeit. Vor allem, weil ich mir mittlerweile todsicher war, dass beide keine Wäsche trugen. Die ganze Situation war so surreal und gleichzeitig direkt vor meinen Augen. Kim kicherte leise und lehnte sich zurück. Dann flüsterte sie direkt in mein Ohr.

»Und jetzt, Matt, schließ die Augen.«

Scheiß drauf. Das kam mir heute nicht mehr so easy-peasy über die Lippen wie früher. Mitunter, weil mir die aberwitzigsten Dinge durch den Kopf schossen. Tausend Wenns und mindestens genauso viele Abers. Und trotzdem tat ich genau das, was sie sagte. Ich spürte eine Hand auf meinem Bein und Berührungen unter meinem Kinn. Eine der beiden wob ihre Finger in meine Haare und legte meinen Kopf zur Seite, während die andere mit ihren Lippen sachte meine Bartstoppeln streifte und dann Bissspuren auf meinem Hals hinterließ. Wie in Zeitlupe tauschten sie ihre Positionen. Kim setzte sich auf meinen Schoß und Ana streifte mit ihren Schneidezähnen die Kuppe meines Zeigefingers, ehe sie jeden einzelnen Finger der Hand küsste. Totale Reizüberflutung an meinem Ende. Ich hatte Gänsehaut, mir war heiß und ich konnte schlicht nicht mehr geradeausdenken. Erst recht dann nicht, als Kim mich an den Schultern nach hinten in die Couch drückte und mir ihre Zunge in den Hals schob, während Ana einfach da weitermachte, wo sie aufgehört hatte. Um uns herum wurde es lauter, es klapperte und Schritte waren zu hören, aber mittlerweile hatte ich dann doch das Fuck-it-Stadium erreicht. Dass der Krach uns galt, registrierte ich erst, als Kim unsanft von meinem Schoß rutschte, woraufhin ich leicht die Augen öffnete. Zerrissene Jeans, gestreiftes T-Shirt, Ketten, blassblaue Haare. Gottverfluchte Scheiße!

»Meine Damen. Diese hübsche Lady hier, muss ich kurz mal ausleihen.«

Luka deutete auf mich. Mein Sprachzentrum war vollkommen blockiert. Das, was als Erstes wieder funktionierte, war der Bereich mit den Schimpfwörtern.

»What the fuck?«

Aber Luka packte meinen Arm und zog mich von der Couch.

»Eine Minute! Ich muss dir was zeigen.«

»Du bist doch nicht mehr ganz knusper!«

Er hielt die verdutzten Mädels in Schach, in dem er den Zeigefinger hob und mich entschlossen weiterzog.

»Schau dir an, was ich dir zu zeigen habe, danach kannst du tun, was du für richtig hältst.«

Sein Tonfall war resolut und duldete keine Widerrede, also ging ich hinter ihm her, die Treppe hoch und vor die Haustür. Ohne zu zögern, holte er sein Handy aus der Hosentasche und entsperrte den Bildschirm. Angezeigt wurde ein vorgeladenes Video. Er klickte auf Play, drückte mir das Handy in die Hand und verschränkte die Arme vor der Brust. Stille. Und ich starrte genervt aufs Display. Ruckelnde Kameraführung. Lichtblitze. Eine Reihe Füße, dann Scheinwerfer, dann wieder Füße. Was sollte der Scheiß? Ich schielte Luka sauer an, aber der deutete bestimmend auf das Telefon.

»Guck zu. Schneewittchen!«

Fuck you! Spuck mir meinen Namen doch gleich vor die Füße. Meinen Namen? Das war nicht mein Name, Herrgott nochmal. Ich war durcheinander und Luka hatte eine beschissene Laune. Er! Ich sollte die haben, in Anbetracht der Tatsache, dass er mir gerade eine vermutlich einmalige Chance versaut hatte. Luka griff um das Handy herum und stellte den Ton lauter. Kratzen. Rascheln. Stimmengewirr. Dann schwenkte die Kamera unter den Tisch. Dreck. Angekaute Kaugummis. Ich stöhnte laut, verdrehte die Augen und kassierte prompt einen Anschiss von Luka.

»Jetzt schau halt hin, verdammt!«

Ich schaute. Blieb mir ja wohl nichts anderes übrig. Hände. Frauenhände. Rotlackierte Fingernägel. Ein zweites Paar Hände. Auch von einer Frau. Grüner Nagellack. Aber trotz dieser schrägen Farbe war das nicht der Punkt. Das Augenmerk lag viel mehr auf dem durchsichtigen Tütchen und den Kapseln, die sich darin befanden, und gerade den Besitzer wechselten. Luka tippte auf Pause und starrte mich an.

»Rohypnol. Sagt dir was. Hm?«

Ich funkelte ihn sauer an. Was sollte das denn jetzt?

Wurde ich hier gerade beschuldigt, Roofies zu ... Ja, was? Zu verticken? Zu kaufen? Irgendwem unterzumischen? Das Entsetzen stand mir offenbar ins Gesicht geschrieben. Denn Luka verdrehte ein weiteres Mal genervt die Augen.

»Guck weiter.«

Irritiert tippte ich auf Play. Laute Musik, klirrende Gläser. Ein ganzes Sofa voller Leute. Mädels, Jungs. Die Augenlider auf Halbmast. Lallend, schwankend. Definitiv dicht. Wollte Luka mir sagen, dass irgendwer Ana und Kim unter Drogen gesetzt hatte? Meine stille Frage quittierte er mit Schnauben und Kopfschütteln. Nein? Was dann? Was? Wäre das Video nach einer Minute und siebenundfünfzig Sekunden zu Ende gewesen, hätte ich vielleicht gelacht, Luka sein blödes Handy wiedergegeben und wäre zurück in den Gewölbekeller gegangen. War es aber nicht. Und Luka stellte sicher, dass ich nicht abhaute, sondern meine ungeteilte Aufmerksamkeit auf die verpixelten Gesichter richtete. Oder eher auf das, was diese lächerliche Zensur vollkommen unnütz machte. Business-Style, Highheels. Satinkleid, hauteng, und sicherlich keine Unterwäsche. Die Person, die im Video gerade über die Rückenlehne der Couch stieg und grob ein paar Leute beiseiteschob, war zweifelsohne Ana. Sie winkte. Und von hinter der Kamera hörte man eine Stimme. Kims Stimme, die Ana zurief, dass sie ihren knight in shining armor, ihren Retter, mitgebracht hatte. Ich schluckte. Schielte aufs Display, zu Luka, zurück aufs Display und knirschte mit den Zähnen. Ich kannte diesen Satz. Es war ungefähr zwanzig Minuten her, dass ich ihn das letzte Mal gehört hatte. Das Bild wackelte, kurz sah man das Gesicht des Verbindungstyps in der Bundfaltenhose. Die Kamera hatte den Besitzer gewechselt und nun sah man Kim von hinten, mit einem Typ im Schlepptau, der unsanft zwischen Ana und Kim in die Kissen gedrückt wurde. Jesus fucking Christ, war das eine einstudierte Nummer! Das hätte ich sein können, da auf der Couch. Ihre Berührungen, ihr Flüstern. Es war komplett identisch. Bis auf die Tatsache, dass genau an dieser Stelle ich von Luka unterbrochen worden war, der Typ auf dem Video jedoch einen Drink in die Hand gedrückt bekam. Ich klickte auf Pause und ranzte Luka ruppig an.

»So what? Die stehen halt drauf, sich dabei zu filmen. Und?«

Luka sagte gar nichts, sondern ließ einfach das Video weiterlaufen. Es folgte ein Schnitt. Der Typ schwankte. Ana und Kim schleppten ihn um die Couch herum, den Gang entlang in einen weiteren Raum. Immer dicht gefolgt von der Kamera. Sie setzten ihn auf einem Sessel ab. Ana hielt sein Kinn fest, schloss die Augen und flüsterte ihm irgendetwas ins Ohr. Was? Keine Ahnung, konnte man nicht verstehen. War aber auch vermutlich egal. Denn während Kim im äußersten, rechten Bildausschnitt lasziv tanzte, machte sich Ana an den Knöpfen seiner Jeans zu schaffen. Kim drehte eine Pirouette, beugte sich nach vorn und zog einen ihrer halterlosen Strümpfe aus, den sie Ana zuwarf. Sie waren ein eingespieltes Team. Keine Frage. Ana fing den Strumpf auf und verband dem Typ damit die Augen. Der Ton des Videos war kratzig. Was er vor sich her murmelte, konnte man nicht verstehen. Aber all zu viel Fantasie brauchte man dazu ja auch nicht. Meine Gedanken ratterten hin und her. Ging es um die Mädels? Ging es um den Typ, die Drogen? Warum verlangte Luka von mir, dass ich mir das ansah? Damit ich auch ganz genau wusste, was mir da gerade entging? Na, danke dafür. Idiot! Zwischenzeitlich hatte es Ana geschafft, den Typ aus seinen Klamotten zu schälen. Das Bild zitterte. Lachen war von hinter der Kamera zu hören. Dann trat Kim ins Bild und mir stockte der Atem. Ich war übersät mit Gänsehaut. Diesmal aus ganz anderen Gründen. In dem Moment, in dem sie den zotteligen Köter an der Leine vor die Kamera führte, schnallte ich endlich, was hier lief. Herrgott nochmal! Ich wollte das gar nicht sehen. Ich hielt Luka sein blödes Telefon hin und schüttelte mich vor Entsetzen, aber der stieß meine Hand zurück.

»Guck das bis zum Schluss an, Schneewittchen.«

Ja, quäl mich halt! Ich musste ohnehin schon meinen Brechreiz unterdrücken. Verdammt! Aber Luka wollte davon nichts hören. Er stellte sich neben mich, hielt mich am Ellenbogen fest und stabilisierte das Handy in meiner Hand. So, dass wir beide zusehen konnten, wie die zwei Bitches den Hund dazu animierten, den unter Drogen gesetzten Typ abzuschlabbern, und ihn so in seinem Delirium glauben zu lassen, dass er gerade die Nummer seines Lebens schob. Falls er das überhaupt noch mitbekam. Und natürlich auch nur bis zu dem Zeitpunkt, an dem er das Video entdecken würde. Dann würde er vermutlich von der nächst besten Brücke springen. Wenn er das bis dato nicht sogar schon getan hatte. Jesus Christ! Ich würde ja dasselbe tun, verflucht! Ich murmelte inkohärente Satzfetzen vor mich hin und wollte mich wegdrehen, von diesem Grauen abwenden. Aber Luka hielt mich fest.

»Jetzt kommt's, Snow White. Schau hin!«

Widerwillig wendete ich meinen Blick aufs Display. Was denn jetzt noch? Mir war doch schon schlecht. Im Video lief der Abspann. Die Tatsache, dass dieser Dreck einen Abspann hatte, war schlimm genug. Aber die Worte, die ich las, waren der Supergau:

Alle Videos auf schlappschwanz-der-woche.net als free-Download erhältlich. Freut euch auf die nächste Episode! Passwort wie immer auf Anfrage. Ihr wisst ja wo!

Darunter war ein Flyer abgebildet. Der Flyer für diese Party hier. In meinem Kopf nahm das Horrorszenario seinen Lauf, ich schnappte erbittert nach Luft, und Luka steckte endlich das dämliche Handy weg.

»Ich hab dir gezeigt, was ich dir zeigen wollte. Meinetwegen kannst du jetzt zurückgehen. Aber die grüne Farbe in deinem Gesicht sagt mir irgendwie, dass du die Sache jetzt plötzlich nicht mehr so geil findest.«

Ich schüttelte den Kopf.

»Hast du Drinks von ihnen getrunken?«

Ich schüttelte wieder den Kopf. Ich hörte kaum zu, sondern versuchte krampfhaft, diese Bilder von meiner Netzhaut zu löschen. Der ganze kranke Mist war schon Desaster genug. Aber Lukas harscher Tonfall machte alles noch schlimmer. Ich stand wie angewurzelt da und fand keine Worte, während Luka leise seufzte.

»Gut. Na, komm schon, Schneewittchen. Ich hab am Ende der Straße geparkt.«

Er legte einen Arm um meine Schulter und wir gingen gemeinsam die Treppen hinunter. Am Ende der Straße stand der Dreier Golf. Luka schloss auf und ich stieg auf der Beifahrerseite ein und kämpfte mit dem Vier-Punkt-Gurt, den ich mir hätte sparen können, weil er viel zu locker war. Dann rutschte ich tief in den roten Sportsitz hinein. Kaum hatte Luka die Fahrertür geschlossen und den Motor gestartet, kurbelte ich das Fenster einen Spalt breit hinunter. Einige Sekunden starrte ich den Duftbaum, der am Rückspiegel hing, angewidert an. Apfel stand vorne drauf. Roch aber nach gegorener Milch und löste bei mir Brechreiz aus. Ich riss das blöde Ding ab und schmiss es aus dem Fenster. Dann ließ ich meinen Kopf aufs Armaturenbrett fallen. Blätter und Tierhaare auf der Fußmatte. Zerknüllte Kaugummipapierchen um den Kupplungsknüppel herum. Luka trug am rechten Handgelenk ein Lederbändchen. Alles Dinge, die ich aus dem Augenwinkel wahrnahm und vor mich her betete, um ruhiger zu werden. Und um das Klackern in meinen Ohren auszublenden, von dem ich in diesem Moment nicht wusste, ob es meiner Einbildung entsprang, oder ob Luka dringend Öl nachfüllen musste. Zehn Minuten fuhren wir, ohne dass einer von uns beiden etwas sagte. Ich nicht. Luka auch nicht. Nicht einmal zu seinem Duftbaum, der jetzt der Vergangenheit angehörte. Dann schreckte ich auf.

»Robert!«

Luka schielte zu mir rüber.

»Hm?«

»Robert ist noch dort.«

Er zuckte mit den Schultern.

»Der kann auf sich selbst aufpassen.«

»Ach. Und ich nicht, oder wie?«

Luka trat abrupt auf die Bremse und starrte mich einen Augenblick lang an, ehe er weiterfuhr und meine Bemerkung in eisigem Tonfall kommentierte.

»No! You fucking can't! Ganz offensichtlich nicht!«

Ich musste ganz dringend duschen und noch viel dringender brauchte ich meine Zahnbürste. Ich holte tief Luft und erschauerte.

»Kannst du mal rechts ranfahren?«

Während ich keuchte, stieg Luka aus dem Auto aus, öffnete die Tür auf meiner Seite und tat das, was man mit hyperventilierenden Personen eben so tat. Kopf nach unten zwischen die Beine stecken und warten, bis es vorbei war. Er lehnte sich gegen das Auto, checkte zwei, drei Mal, ob ich wieder normal atmete, und hob schließlich mein Kinn an, damit ich ihm in die Augen sah, während er ganz langsam und deutlich auf mich einredete.

»Kannst du jetzt endlich in deinen Dickschädel kriegen, dass erstens nicht alles gequirlte Kacke ist, was aus meinem Mund kommt, und zweitens ich in der Regel auch keine Messer bei mir trage, die ich dir in den Rücken rammen könnte, sobald du nicht hinschaust? Bitte. Wo, um alles in der Welt, kommt dieses resolute Misstrauen her?«

Als Luka in dieser Nacht in mein Zimmer kam, war ich wach. Er klopfte tatsächlich. Man brauchte Fledermausohren, um es zu hören, aber er klopfte. Er setzte sich auf meinen Schreibtisch und sah mich in dieser stechenden Art und Weise an, die eine Erklärung forderte. Eine Erklärung für was? Ich setzte mich auf und gab ihm genau denselben Blick zurück. Pattsituation. Wer sprach zuerst? Ich sah ihn nur schemenhaft, weil hinter ihm das Mondlicht ins Zimmer fiel. Aber ich konnte erkennen, dass er seine Hand hob. Dann leuchtete ein Display auf.

»Hast du im Bad liegen lassen. Wie oft hast du geduscht? Dreihundert Mal? Vierhundert?«

Ich fing mein Handy auf, das er mir vom Schreibtisch aus zuwarf, und nickte als Dankeschön. Dann verstrubbelte ich meine Haare, die von der letzten Duschrunde immer noch feucht waren.

»Keine Ahnung. Nicht oft genug.«

Er lachte kehlig, dann rutschte er vom Tisch. Offenbar hatte er heute keinen Redebedarf. Den hatte, zur Abwechslung, allerdings ich.

»Woher wusstest du von der Party?«

»Von meiner Mutter.«

What? Ja, verarsch mich doch! Und der fragte allen Ernstes, warum ich ihm nicht traute. Es lag doch wohl auf der Hand, dass man sich besser auf niemanden verließ, der permanent an den Haaren herbeigezogene Antworten gab.

»Unsere Mütter sind befreundet.«

Once again. What? War ich begriffsstutzig oder er kryptisch?

»Sprich englisch mit mir, denn offenbar check ich nicht ein einziges Wort von dem, was du mir sagst.«

Er lachte.

»Der Verbindungsidiot mit der Schärpe. Der Typ von der Einführungsveranstaltung, der Gastgeber. Wir sind am selben Tag, im selben Krankenhaus geboren, und unsere Mütter seither die dicksten Freundinnen.«

Allright. Jetzt bekam der ganze Spuk endlich Sinn. Ich

zog meine Schlussfolgerungen.

»Okay. Und ihr seid Kumpels. Ich hab's gerafft.«

Ich schlug mir die Hand vor die Stirn und nickte, wohingegen Luka abfällig schnaubte.

»Soweit kommt's noch! Er ist das verlogenste, biederste, selbstgefälligste, homophobste Arschloch auf dem Angesicht der Erde. Sofern man Erzfeinde haben kann, ist er meiner.«

Er zuckte mit den Schultern, dann ging er zur Tür.

»Seine Mutter ist ein Tratschmaul. Und meine Mutter ... naja, die wahrscheinlich auch. Ich weiß jedenfalls meistens, was er so treibt. Außerdem ist es nichts Neues, dass er versucht, die Austauschstudenten für seinen dämlichen Elite-Verein zu erwärmen. Ich kann nicht zaubern, Schneewittchen. Ich bin hier nur schon ein Weilchen länger als du. Dann schlaf mal gut.«

Er ließ den Kater rein, lehnte die Tür an und ging.

Ja. Vielleicht war ich tatsächlich paranoid. Nur, weil Luka unverschämt dreist war, mich aufs Korn nahm, als Schneewittchen betitelte und pro Tag mindestens eine Million abnorme Dinge tat, hieß das nicht automatisch, dass er ein schlechter Mensch war. Vielleicht lag meine Schwester richtig, und ich falsch. Möglicherweise war ich deshalb immer so gereizt, weil ich derjenige war, der diese Kumpelnummer nicht konnte. Nicht können wollte. Und, weil ich nicht erwartet hatte, innerhalb dieses Zwangsaufenthaltes jemanden kennenzulernen, der meine ablehnende Grundeinstellung rotzfrech überging. Das gefiel mir natürlich nicht. Trotzdem musste ich wohl mit mir selbst und meiner Haltung ins Gebet gehen. Ich arrangierte mich mit dem Kater, zog die Decke über meinen Kopf, schloss die Augen. Und dann kam mir ein äußerst verstörender Gedanke: Woher hatte Luka dieses Video? Und wieso kannte er die Passwörter für diese beschissene Homepage?

Da mich diese Frage die nächsten anderthalb Stunden nicht schlafen ließ und es draußen ohnehin schon dämmerte, stand ich auf. Ich warf mir einen Pullover über, zog die Kapuze tief ins Gesicht und klopfte an Lukas Zimmertür. Stille. Was tat ich hier eigentlich? Es war halb sechs Uhr morgens. Man polterte um diese unchristliche Zeit nicht in fremde Zimmer. Auf der anderen Seite interessierte Luka das ja auch nie. Vorsichtig öffnete ich die Tür und linste durch den Spalt. Der blassblaue Kettenrassler saß mit Kopfhörern auf dem Kopf am E-Piano und kriegte gar nicht mit, dass ich reinkam. Ich schloss leise die Tür hinter meinem Rücken und sah mich um. Verrückt. In der ganzen Zeit, die ich hier war, war ich noch nie wirklich in diesem Zimmer gewesen. Was hatte ich erwartet? Und warum? Was davon war bitteres Vorurteil, was Realität? Und vor allem: Warum war ich so überrascht? Es lag an der Vielschichtigkeit von ersten

Eindrücken und der Trägheit der Menschen. Mich eingeschlossen. Ausschlaggebend waren immer die ersten Minuten. Und waren wir ehrlich, dann hatten Luka und ich schon sehr spezielle erste Minuten gehabt. Vielleicht waren ich und mein Leben stinklangweilig. Schon möglich. Trotzdem wagte ich, zu behaupten, dass es nicht unbedingt dem Durchschnitt entsprach, im Moment des Kennenlernens einen Spottnamen zugeteilt zu bekommen. Schon gar nicht Schneewittchen. Gelogen, ich Heuchler. Im Kopf natürlich sehr wohl. Man sprach es aber nicht aus. Luka schon. Klar. Seine Verhaltensweise passte Eins zu Eins zu seinem damaligen, rebellischen Aussehen. Dieses Bild hatte sich eingebrannt. Und selbst dann, wenn er heute in Drag vor mir stünde, sähe ich vor meinem geistigen Auge den blaugefärbten, in Ketten gehüllten Möchtegern-Punk dieses ersten Morgens in der WG. Natürlich trug Luka nicht immer Ketten. Selbstverständlich besaß er auch Jeans, die nicht achtundvierzig gewollte und siebenundzwanzig ungewollte Löcher hatten. Seine Haarfarbe verblasste, strahlte schon lange nicht mehr so wie am ersten Tag, und trotzdem regierte dieses Bild mein Denken. Asche über mein Haupt! Und aus eben diesem Grund erwartete ich in Lukas Zimmer Dinge, die ins Klischee passten. Bandposter. Graffiti. Auf dem Sperrmüll zusammengesammelte Möbelstücke. Anstatt eines Bettes, eine blanke Matratze auf dem Boden. Chaos an allen Ecken und Enden, heruntergelassene

Rollläden. Ganz wie es bei Kellerkindern eben der Fall war.

Das Klavier, das Luka ständig herum schob, hätte der erste Hinweis darauf sein sollen, dass Luka nicht jedes Klischee bediente. Der nicht zu verleugnende Beweis dafür, dass ich mit meinen, für Schubladen vorgefertigten, Engstirnigkeiten extrem falsch lag, war die Tatsache, dass Sirin hier wohnte. Beim Thema Chaos lag ihre Toleranzschwelle unterhalb der Erdoberfläche. Hätte ich nur einen halben, ernsthaften Gedanken an meine Umgebung verschwendet, hätte mir das alles natürlich einleuchten müssen. So klar und deutlich ich Menschen und ihr Verhalten in der Regel lesen konnte, war ich in Lukas Fall doch extrem ignorant und zudem blind. Würde ich natürlich nicht zugeben, war aber so.

Also stand ich nun hier, schmunzelte über die Batman-Bettwäsche, den sortierten Kleiderstapel im Regal und staunte ganz generell über die Geradlinigkeit dieses Zimmers. Hier wohnte jemand, der wusste, was er wollte und alles andere aussortierte, um sich damit nicht zu belasten. Vorurteil oder Wahrheit? Musste ich noch rausfinden. Das E-Piano stand vor dem Fenster. Draußen war der Himmel dunkelgrau bewölkt und um die Schirme der Straßenlaternen zog Nebel. Man hörte den Anschlag der Tasten und das leise Klacken des Fußpedals. Nichts von beidem verriet etwas über das Lied, das er spielte. Rechts, hinter der Tür in der Ecke, stand ein olivgrüner Ohrensessel. Retro. Nicht Vintage. Vermutlich eines dieser Ikea-Dinger mit einem abgefahrenen Namen, der mindestens fünf Umlaute enthielt. Ich hob die Fleecedecke auf, die von der Lehne auf den Boden hing, und setzte mich. War das gruselig? Jemanden still zu beobachten, der nicht wusste, dass man da war? Ein bisschen schon, irgendwie. Von dieser Position aus konnte ich sehen, dass keine Noten an der Halterung klemmten. Vielleicht spielte er mal wieder eine seiner schrägen Fingerübungen, die der ganzen WG Zahnschmerzen verursachte. Vielleicht auch nicht. Er wirkte zu verbissen. Ich konnte zwar nichts hören, aber seine rechte Hand schlug immer wieder dieselben Tasten an, dann schüttelte er die Finger aus, knackste mit den Gelenken und begann von vorn. Einige Minuten später griff er hinter sich, zur Wasserflasche, die am Boden stand, dann hielt er inne. Luka nahm die Kopfhörer ab und drehte sich um. Mit dem Ellenbogen schlug er wahllos ein paar Tasten an, hob den Kopfhörer an sein Ohr, schlug nochmals ein paar Tasten an, dann hängte er den Kopfhörer an den Notenständer.

»Ich hab dich nicht geweckt. Wieso schläfst du nicht?«

Ich zuckte mit den Schultern.

»Du schläfst doch auch nicht.«

Luka schraubte die Wasserflasche auf, drückte eine Tablette aus dem Cluster und schmiss die Verpackung dann in den Müll.

»Schlaf wird überbewertet. Man verplempert zu viel Zeit damit.«

Ich zog eine Augenbraue nach oben und deutete auf den Papierkorb.

»Vielleicht ist Schlaf aber auch ganz sinnvoll. Die Kopfschmerzen hättest du dir eventuell ersparen können.«

Sein Blick schrie: Du elender Heuchler! Schließlich saß ich hier anstatt im Bett zu liegen. Er sagte es aber nicht, sondern verschränkte zur Unterstreichung seiner Meinung nur die Arme vor der Brust.

»Du bist aber nicht hier, weil du dich um mein Wohlergehen sorgst. Also? Was gibt's?«

Ich konnte mich nur schwer entscheiden zwischen der Anklage, dass ich ihm nicht traute, und irgendeiner flachen Lüge, die ich mir noch aus dem Ärmel hätte schütteln müssen. Unschlüssig fuhr ich mir mit den Fingern durch die Haare und atmete tief durch.

»Wo hast du dieses Video her?«

Das Unverständnis in seinem Gesichtsausdruck wich in kürzester Zeit ausgelassener Belustigung.

»Du glaubst, ich häng da mit drin.«

Ja. Dachte ich. Wollte ich das zugeben? Nein. Ich hatte doch keine Ahnung. Luka traute ich einiges zu. Letztendlich zuckte ich mit den Schultern.

»So langsam weiß ich gar nichts mehr. Kannst du mir nicht einfach eine Antwort geben, anstatt eine Gegenfrage zu stellen?«

Luka kratzte sich am Hinterkopf und schlug die Beine übereinander. Was war das? Unbehagen?

»Von seiner Ex-Schnalle.«

»Wessen?«

»Die von dem Verbindungsdepp. Dem Gastgeber.«

Ich sah ihn skeptisch an und er zuckte mit den Schultern.

»Das ist schon eine ganze Weile her. Und das ist nicht das einzige Video. Sie fand das alles super lustig und musste mir unbedingt die Homepage zeigen. Ich habe gesehen, wie sie das Passwort eingegeben hat. Und diese Idioten haben es niemals geändert. Bis heute nicht. Ich kann's dir zeigen, wenn du willst.«

Gänsehaut. Ich schüttelte mich schon wieder vor Ekel.

»Shut up! Kein Wort mehr. Ich hab's kapiert, Luka.«

Ich hatte es tatsächlich kapiert. Auch diese Nummer war kein Hexenwerk. Luka hatte nur gewusst, wo er hinsehen musste. Ende der Geschichte. So langsam kam ich mir richtig blöd vor. Aber jetzt hatte ich mich ohnehin schon als Null-Checker geoutet, da machte die nächste Frage den Bock auch nicht mehr fett.

»Woher wusstest du, dass ich Gitarre spiele? Und Klavier.«

Mit ausgebreiteten Armen machte ich ihm klar, dass ich eine Erklärung erwartete. Luka drehte sich zum Clavinova und spielte zwei Akkorde. Die Kopfhörer waren noch eingesteckt, aber der Rhythmus des Tastenanschlags war auch stumm unverwechselbar. Da da da damm. Beethovens Fünfte. Und sie war als Spott gemeint. Das gefiel ihm. Schon klar. Mehr zu wissen als ich, war voll sein Ding. Er drehte sich zurück und schlug die Beine übereinander.

»Themenwechsel? Gehen wir heute Nacht alles durch, was dir quer steckt und natürlich meine Schuld ist?«

»Das wär doch mal eine Abwechslung, oder nicht?«

»Keine Ahnung. Warum bist du so überrascht, dass ich es wusste?«

»Weil wir uns achtundvierzig Stunden kannten und nicht mehr als drei Sätze gewechselt hatten. Keiner dieser Sätze hatte etwas mit meinen Hobbys zu tun. Du kanntest mich nicht! Du kennst mich jetzt auch nicht! Und trotzdem ... Herrgottnochmal! Warum rechtfertige ich mich eigentlich schon wieder?«

Luka seufzte.

»Du glaubst ernsthaft, dass ich hier einfach so Leute einziehen lasse, ohne mir vorher angeschaut zu haben, wer das ist? Du glaubst wirklich, dass ich nicht mit Sirin über deinen Einzug diskutiert habe? Sie hat mit dir über Skype gesprochen. Ihr hast du erzählt, dass du Musik machst. Laut Sirin hängen in deinem Zimmer zuhause mindestens drei Gitarren an der Wand. Und ein Poster einer Grifftabelle für Gitarre und Klavier. Wie, um alles in der Welt, kannst du denken, dass ich nicht weiß, dass du Gitarre spielst?«

Er raufte sich die Haare, lehnte sich mit den Ellenbogen auf die Knie und schielte mich an.

»Ernsthaft, Schneewittchen?«

Wieso klang in meinem Kopf immer alles so kompliziert und aus seinem Mund dann vollkommen simpel und nachvollziehbar? Ich ärgerte mich maßlos. Über mich selbst. Ich gab mich geschlagen und zog die Füße auf den Sessel, um bequemer zu sitzen.

»Waffenstillstand. Okay?«

Luka sah mich einen Augenblick lang argwöhnisch an. Als wäre ihm nicht klar, warum ich das vorschlug, nickte dann aber. Ich umschlang meine Beine und legte das Kinn auf meinen Knien ab. Ethan nannte das die introvertierte Fass-mich-nicht-an-Haltung. Und er hätte auch diesmal recht gehabt. Ich wollte unter dieses Thema einfach einen Strich ziehen und an einem anderen Punkt weitermachen. Aber weil Luka nun einmal nicht Ethan war und diese stumme Bitte nicht verstand, deutete ich halbherzig zum Klavier.

»Spiel was.«

»Was?«

»Keine Ahnung. Irgendetwas.«

Er zog den Stecker der Kopfhörer heraus, regulierte die Lautstärke auf ein Maß, das den Rest der WG nicht stören würde, und spielte. *Lalelu – Nur der Mann im Mond schaut zu.* Ich zog ein Kissen hinter meinem Rücken hervor und warf es ihm an den Kopf.

»Nicht das, du Idiot!«

»Hey. Du hast gesagt: Irgendwas.«

Er lachte laut und hörte auf zu spielen, dachte kurz nach.

»Okay. Wie wäre es damit?«

Der blassblaue Kettenrassler spielte ein Medley aus allem, was sich auf meinem Handy in der Favoritenliste befand. Zufall? Ich wagte, es zu bezweifeln, fragte aber nicht.

Ich legte den Arm über meine Augen, gähnte und wollte mich strecken, aber das Bett war zu kurz. Einen Moment lang war ich verwirrt, dann hob ich den Arm an und öffnete die Augen. Durch das Fenster fiel Tageslicht, darunter stand einsam und verlassen das E-Piano. Lukas Bett war ordentlich gemacht. Immer noch? Wieder? Wusste ich nicht. Über mir war die Fleecedecke ausgebreitet, die Zimmertür geschlossen und Luka war nicht da. Das hier fühlte sich an wie ein One-Night-Stand. Nur wusste ich nicht, ob ich derjenige war, der sich gleich leise und heimlich davon schleichen musste, oder derjenige, der zurückgelassen worden war. Wie dem auch sei. Eines war klar. Ich gehörte nicht hierher. Deshalb verließ ich auf Zehenspitzen das Zimmer, machte einen kurzen Abstecher ins Bad und verschwand in meinen vier Wänden.

Die Uni konnte mir definitiv gestohlen bleiben. Ich legte mich auf mein Bett und atmete tief durch. Dann griff ich zu meinem Handy, das neben dem Bett lag und blinkte.

IIIIIIIIIIIIIIII
ALCATRAZ

Wo ist Matt? - Miss Bollywood (08:30)

Sein Handy klingelt seit acht Uhr ständig und nervt! - Miss Bollywood (08:31)

Außerdem jammert der Kater schon wieder. Hat keiner das Vieh gefüttert? - Miss Bollywood (08:34)

Keine Ahnung. Vielleicht ist er auf dieser Party hängengeblieben. - Sporty Spice (08:37)

Haha! Oder bei Kim und Ana :) - Kapitän Rotbart (08:40)

Was???? Nicht dein Ernst! - Miss Bollywood (08:41)

Als ich ihn gestern das letzte Mal gesehen habe, wirkte er sehr beschäftigt^^ - Kapitän Rotbart (08:45)

Alter Schwede O_o - Sporty Spice (08:53)

Labert keinen Schwachsinn. Der ist bei mir. - Kettenschlumpf (09:30)

Und wo seid ihr? Sein Handy liegt in seinem Zimmer und klingelt. - Miss

Bollywood (09:33)

Ich bin unterwegs. Das Schneewittchen ist in meinem Zimmer. Lasst ihn schlafen. - Kettenschlumpf (09:50)

Oiiii! <3 Ich weiß nicht, was schlimmer ist. Die Weiber oder du, Luka^^ - Kapitän Rotbart (09:52)

Den Rest las ich erst gar nicht. Ich hatte eine ziemlich genaue Vorstellung von dem, was da noch kommen würde. Und darauf konnte ich verzichten. Ich klickte in meine Anruferliste. Drei entgangene Anrufe. Meine Schwester. Nein. Dieses Gespräch konnte ich jetzt auch nicht ertragen. Sie musste sich mit einer Textnachricht zufriedengeben.

JESS & DU

Du hast recht und ich bin ein Idiot. Markier dir diesen Tag im Kalender. (10:59)

Dann klickte ich in meiner Kontaktliste nach unten zu Jake.

JAKE & DU

Wenn du gestern dabei gewesen wärst, würdest du jetzt immer noch über mich

lachen, glaub mir. Den Spott hab ich wahrscheinlich verdient. Manche Dinge ändern sich eben nie. Idiot bleibt Idiot. Und falls du nicht raffst, was ich dir schreibe, fasse ich es nochmal zusammen: You were right. All the time. I'm a fucking idiot.
(11:03)

IIIIIIIIIIIIIIIIII

»Matt? Bist du wach?«

Es klopfte. Nicht an meiner Tür, sondern an Lukas. Konnte ich sie einfach ignorieren? Und die Gerüchteküche noch weiter anheizen? Wohl eher nicht. Also stand ich auf und öffnete meine Tür.

»Ich bin hier.«

Miss Bollywood starrte mich an, als wäre mir ein zweiter Kopf gewachsen. Sah ich so schlimm aus? Hätte ich die Nachrichten doch bis zum Ende lesen sollen? Was war los? Sie deutete mit der Hand die internationale Geste für Telefon an.

»Es hat geklingelt. Aber das weißt du ja jetzt.«

Ich nickte.

»Ja. Sorry. Meine Schwester. Ich hab es nicht gehört.«

Sirin nickte. Betretene Stille. Irgendetwas stand hier unausgesprochen im Raum und ich checkte es nicht. Das war doch wie eine verfluchte Achterbahnfahrt. Im einen Augenblick hatte ich das Gefühl, zwischen Luka und mir seien endlich die Fronten geklärt, und im nächsten traute ich ihm schon wieder nicht über den Weg und beschuldigte ihn in Gedanken für das merkwürdige Verhalten, das Sirin an den Tag legte. Ich war ein Vollidiot. Hätte ich die Nachrichten bis zum Ende gelesen, stünde ich jetzt nicht so dumm da. Sie fummelte nervös an ihrem langen Haar herum und sah unsicher auf ihre Fußspitzen. Was lief hier? Miss Bollywood kaute auf ihrem Daumennagel.

»Ihr seid okay? Luka und du?«

Durch skeptisch zusammengekniffene Augen musterte ich sie, ehe ich antwortete.

»Ja. Gibt es einen Grund, dass wir das nicht sein sollten?«

»Nein! Auf keinen Fall! Ich frag nur, weil ... hätte ja sein können ...«

Sie hob abwehrend die Hände in die Luft und lief Richtung Wohnzimmer. Ich schloss die Tür und schaute mir natürlich sofort den Gruppenchat an.

ALCATRAZ

Ich bin unterwegs. Das Schneewittchen ist in meinem Zimmer. Lasst ihn schlafen. - Kettenschlumpf (09:50)

Oiiii! <3 Ich weiß nicht, was schlimmer ist. Die Weiber oder du, Luka^^ - Kapitän Rotbart (09:52)

Ich bin immer die schlimmere Wahl, Robert. Das weißt du doch :P - Kettenschlumpf (10:03)

Erspar uns bitte die Einzelheiten. - Kapitän Rotbart (10:04)

Luka, du hast ihn doch nirgends festgekettet, oder? - Sporty Spice (10:10)

Zum Beispiel an deinem Bett. Nackt. - Kapitän Rotbart (10:11)

Verdammt! Ihr durchschaut mich immer! :) - Kettenschlumpf (10:15)

OMG. Ihr seid alle nicht mehr ganz normal im Kopf! Jetzt mal im Ernst, Luka. Habt ihr endlich geredet? Streitigkeiten beseitigt? Alles okay? - Miss Bollywood (10:17)

Ja, Sirin. Alles okay. Wir waren die ganze Nacht wach. Lass ihn schlafen. - Kettenschlumpf (10:29)

War ich jetzt schlauer? Nein. Sollte ich für die Allgemeinheit hinzufügen, dass ich keineswegs an irgendein Bett gefesselt war? Weder Kims, noch das des Kettenschlumpfes. Vermutlich konnte ich mir die Mühe sparen.

Ich war vollkommen gerädert. Aber wenn ich schon nicht zur Uni ging, musste ich mich wenigstens mit dem Lernstoff für die nächsten Klausuren auseinandersetzen. Es war frustrierend genug, dass ich während des Semesters einen Haufen an Prüfungen schreiben musste, während der Rest der WG noch ganz gechillt seine Freiheit genoss. Mir jedes Mal von Luka aus der Patsche helfen zu lassen, war aber schlimmer. Und schon steckte ich in meinen nächsten quälenden Überlegungen. Woher hatte Luka die Ergebnisse gehabt? Waren das überhaupt Ergebnisse? Wenn ja, wieso schmierte er sie mit Lippenstift an den Spiegel? Und ganz generell: Wollte ich es überhaupt wissen? Wollte ich schon wieder eine dieser Fragen stellen, die für mich keinen Sinn ergaben, und deren Antworten in der Retrospektive völlig plausibel wirkten? Nein! Diesmal nicht. Die Nummer mit Sirins Lippenstift würde ich einfach so stehen lassen. Was Luka konnte, konnte ich schon lange.

Mir war langweilig. Tagsüber. Abends hatte ich dann ein schlechtes Gewissen, weil ich nichts gelernt hatte, obwohl Zeit dafür gewesen wäre. Ich durchlebte die ganz typischen Stadien des Studentendaseins. Zuerst bildete man sich ein, man könne zu Hause am besten lernen, denn da würde man schließlich nicht von anderen Studenten abgelenkt. Tatsächlich entwickelte man aber nur eine äußerst innige Beziehung zu seiner Kaffeemaschine und der Fernbedienung für den Glotzkasten. Nach einer Phase der auslastenden Beschäftigung, weil man nach Woche zwei langsam aber sicher angestrengt nach zumindest halbwegs plausiblen Ausreden für die eigene

Faulheit suchen musste, folgte die Flucht. Flucht vor bissigen Kommentaren. Flucht vor den vier Wänden um einen herum, die Tag für Tag enger erschienen. Und vor allem Flucht vor den eigenen Gedanken, die einen immer dann einholten, wenn es still wurde. War ich ehrlich mit mir selbst, stritt ich sogar lieber mit Luka über Dinge, die er gar nicht getan hatte, als alleine in meinem Zimmer zu sitzen. Deshalb mietete ich mir einen Spind in der Uni und zog zum Lernen in die Bibliothek um. Schlechte Idee. Die Leute machten mich nervös. Ausnahmslos. Wie sie alle hinter Bücherbergen saßen und so taten, als wären diese Massen höchstens Lernstoff für einen Nachmittag, bevor dann am nächsten Morgen eine weitere Schubkarrenladung angeschleift wurde. Ich war nach der ersten Woche dazu übergegangen, mit Kopfhörern in den Ohren dieses Gebäude zu betreten und auch genauso wieder zu verlassen. Zwischendurch übte ich mich in meiner Paradedisziplin: Mundhalten und nicht auffallen. Der einzige Lichtblick des Tages war der Schichtwechsel am Bücherrückgabetresen montags und donnerstags um fünfzehn Uhr, weil Karla, bevor sie ging, immer einige Minuten Zeit für mich hatte. Ich sah es mittlerweile ein. Ein Mindestmaß an menschlichem Kontakt brauchte sogar ich, um nicht durchzudrehen.

An diesem Morgen war ich spät dran, weil ich geschlagene zwei Stunden nach meinem Telefon gesucht hatte.

Gefunden hatte ich es schließlich neben der Kaffeemaschine unter der Tageszeitung. Das Tratschblatt hatte sicherlich Robert dort hingeschmissen, denn in den Kleinanzeigen waren Jobs mit Rotstift markiert. Und Kapitän Rotbart hatte vor ein paar Tagen miesgelaunt erzählt, dass sein Vater ihm die Zuschüsse kürzen würde. Wegen der langen Studiendauer. Wenn der wüsste, dass Robert längst fertig war. Kranker Mist. Nach einem Blick auf den Akkustand schnappte ich mir zusätzlich das Ladekabel und hechtete eine halbe Stunde später die Treppen des Altbaus hinauf in den ersten Stock. Auf der linken Seite vor der Fensterfront waren bis auf Kniehöhe rote Spinde platziert, die gerade einmal so groß waren, dass man mit Mühe und Not einen Rucksack darin verstauen konnte. Vor der Nummer Dreizehn ging ich in die Hocke, quetschte meine Sachen ins Fach, steckte mein Handy in die Hosentasche und stieß die Glastüren zur Bibliothek auf. *Silencium* prangte in goldenen Lettern an der gegenüberliegenden Wand. Wie im Museum. Nur flüstern war erlaubt. Ich schlich mich an der Rezeption vorbei, durchs Treppenhaus, in den oberen Stock hinauf und knirschte sofort mit den Zähnen. Da saß jemand auf meinem Platz! Musste das sein? Das war meiner! Hinter dem staubigen Ficus. Dort, wo man nicht hinsehen konnte, wenn man die Haupttreppe hinauflief. Fernab der stechenden Blicke dieser ganzen Musterschüler. Die Lernraumdiebin saß über ein Buch und einen Collegeblock gebeugt, kaute auf dem linken Bügel ihrer Brille und zog mit dem Zeigefinger die Zeilen des Buches nach, die sie scheinbar gerade las. Ich lehnte an der Wand hinter der Zimmerpflanze und musterte sie eine Weile. Sie trug ein graues Strickkleid, graue Chuck's und schreiend pinkfarbige Overknees, die exakt zu ihren genauso schreiend pinkfarbigen Haaren passten. Lang. Lockig. Teilweise zu einem Dutt gewickelt, der von einem Bleistift gehalten wurde. Sie passte nicht hierher. Allein das würde sie sympathisch machen, hätte sie mir nicht meinen Rückzugsort gestohlen. Diese Dreistigkeit überwog. In meiner Hosentasche vibrierte mein Handy.

ALCATRAZ

Wer geht am Samstag in einer Woche eigentlich mit? Nee. Vergesst es. In 2 Wochen. Hab falsch gezählt. - Kapitän Rotbart (11:20)

Ich dachte, wir gehen alle zusammen. - Miss Bollywood (11:21)

War doch so ausgemacht. - Miss Bollywood (11:22)

Oder nicht? - Miss Bollywood (11:22)

Bin dabei. - Sporty Spice (11:30)

Cora freut sich schon. - Kapitän Rotbart (11:31)

Igitt! Robert! Lass das staubige Vieh daheim! - Miss Bollywood (11:32)

Auf keinen Fall! - Kapitän Rotbart (11:33)

Dann lass es mich wenigstens waschen. - Miss Bollywood (11:32)

Auf keinen Fall! - Kapitän Rotbart (11:34)

Robert! - Miss Bollywood (11:34)

Da wohnen Tiere drin! - Miss Bollywood (11:35)

Das lass ich nicht in meine Nähe! - Miss Bollywood (11:35)

Sirin. Durchatmen. Alles halb so schlimm wie es in deinem Kopf scheint. :) Und: Klar gehen wir alle. - Kettenschlumpf (12:03)

Ob man aus den Gesprächen zwischen meinen Mitbewohnern schlauer wurde, wenn man sich aktiver daran beteiligte als ich es tat? Und schloss besagtes *Wir* mich ein? Auch wenn ich mal wieder keine Ahnung hatte, worüber gesprochen wurde? Ich tippte ein Fragezeichen ein und drückte auf Enter. Das genügte, um zu verdeutlichen, dass ich keinen Plan hatte. Kaum drei Sekunden später antwortete Sirin: Stadtstrandparty. Aha. Partys waren voll mein Ding. Nicht. Aber dazu musste ich mich ja nicht umgehend äußern. Mein Telefon vibrierte noch zwei, drei Mal in meiner Hand, aber ich steckte es zurück in meine Hosentasche, ohne darauf geschaut zu haben, weil die Lady in Pink einen Sitzplatz weiter nach links gerückt war und mich aus großen, dunklen Augen ansah. Sie lächelte kess und das Piercing in ihrem Lippenbändchen funkelte im Licht. Ich schielte kurz nach rechts und links, unsicher, ob tatsächlich ich gemeint war, aber sie rückte zurück ans Fenster und klopfte auf den freien Stuhl neben sich. Ich? Okay. Ich war irritiert. Ich ließ mich auf den Sitz sinken und sie flüsterte.

»Hi Matthew. Karla hat mir gesagt, dass ich dich hier finden würde. Ich möchte gerne auf den Kaffee-Deal eingehen.«

Erwartungsvolles Schweigen. Auf beiden Seiten. Auf meiner, weil ich auf eine Erklärung wartete, auf ihrer war es wahrscheinlich eher die noch ausstehende Antwort. Ich kaute auf meiner Unterlippe, unschlüssig, was ich tun sollte, und zuckte letztendlich mit den Schultern.

»Und du bist?«

Sie kicherte nervös.

»Ganz vergessen. Sorry.«

Dann reichte sie mir die Hand. Keine Umarmung? Keine Küsschen? Es gab scheinbar doch noch halbwegs normale Menschen.

»Lena.«

Sie kicherte wieder und zog ihre Hand zurück, die ich immer noch wie verblödet festhielt.

»Luka hat gesagt, dass ...«

Oh Gott! Sätze, die mit seinem Namen begannen, endeten meistens im Bereich Drama. Oder Tragödie. Katastrophe. Irgendwas dieser Art. Ich ließ den Kopf auf die Tischplatte sinken und raufte mir die Haare. Sie schubste mich an der Schulter und lehnte sich zu mir, ehe sie wieder flüsterte.

»Ich verstehe, wenn du sie nicht hergeben willst. Wir sind hier ja alle irgendwie Einzelkämpfer. Schon okay. Luka hat …«

Bei der wiederholten Erwähnung dieses Namens hob ich die Hand und unterbrach somit ihren Redefluss.

»Was genau hat Luka dir erzählt?«

»Er sagte, du würdest mir die Ergebnisse für die Mathe-Abschlussprüfung besorgen, wenn ich mit dir einen Kaffee trinken gehe.«

»Oh Gott!«

Diesmal sagte ich es laut. In einem weinerlichen Tonfall. Lena, die Diebin, kicherte wieder und plapperte weiter.

»Das muss dir doch jetzt nicht peinlich sein.«

Erschieß mich bitte einer. Sofort. Auf der Stelle. Ich krallte die Finger in meine Haare und kniff die Augen zu. Als ich eines wieder öffnete, sah ich ein pinkfarbiges Haarbüschel neben mir auf der Tischplatte und knapp darüber Lenas frech glitzernde Augen.

»Kaffee ohne Matheklausur ist auch okay. Ich muss jetzt los. Sagen wir, um sechs vor der Bibliothek, ja?«

Ich nickte. Ganz automatisch, ohne nachzudenken oder bewusst eine Entscheidung gefällt zu haben. Ich war zu perplex. Aber ihr schien es zu genügen. Sie schnappte sich ihre Sachen und gab meinen Sitzplatz frei. Oh Mann! Was war das gerade? Hatte ich jetzt ein Date oder einen Übergabetermin? Übergabe von was? Imaginäre Daten? Wieso hatte ich ja gesagt? Luka hat sich da getäuscht. Das wäre die korrekte Antwort gewesen. Ich schob meine Sachen über den Tisch und rückte ans Fenster. Der Stuhl war noch ganz warm. Scheinbar hatte Lena eine ganze Weile auf mich gewartet. Kein Wunder. Schließlich war ich heute extrem spät dran. Was sie, abstrakt betrachtet, eigentlich nicht wissen konnte, schließlich kannten wir uns bis gerade eben nicht. Na ja. Sie kannte Karla und Luka. Es war also alles möglich. Ich verschränkte die Arme vor mir auf dem Tisch, legte meinen Kopf darauf ab und schloss die Augen, um nachzudenken. Innerhalb der vergangenen Wochen hatte ich durchaus ein paar Dinge gelernt. Ganz oben auf meinem Memo stand: Luka tat merkwürdige Dinge. Aber er hat dich bislang nie auflaufen lassen. Eher im Gegenteil. Bis auf den Kuss während der Einführungsveranstaltung, den ich ihm immer noch nicht verziehen hatte. Aber darum ging es gerade nicht. Es ging um kontrollierte und angemessene Verhaltensweisen. An meinem Ende. Ich regte mich zu schnell auf, war ständig sauer und lud meine Launen bei Luka ab. Shame on me. Wie ging ich diese Angelegenheit also am besten an? Mit dem Rücken lehnte ich mich gegen die Fensterfront, zog den freien Stuhl neben mir ran und legte meine Füße hoch. War strikt verboten. Natürlich. War mir aber egal. Ich sah auf mein Handy. Es blinkte. Ich hatte mindestens fünf Nachrichten verpasst. Trotzdem war meine erste Anlaufstelle der Chat mit Ethan und Jake.

ETHAN, JAKE & DU

Blind Date. Irgendwelche Ratschläge?
(12:26)

Danach kopierte ich diese Nachricht und schickte sie auch meiner Schwester. Bei ihr war ich mir sicher, dass zwischen all den Sticheleien, Lachern und Quatschantworten auch irgendetwas Brauchbares dabei sein würde. In der Regel eingeleitet mit den Worten: Jetzt mal im Ernst! Sodass ich den gesamten Rest, mit ein wenig Geschick, ausblenden konnte.

Ich blätterte zurück auf die Übersicht. Im WG-Chat ging es schon wieder rund. Wie konnten Menschen nur so viel reden? Schreiben? Und dann auch noch so viel Blödsinn. Zwischenzeitlich hatte ich darüber nachgedacht, einen neuen Chatroom zu eröffnen. Einen für das wirklich wichtige Zeug: Wer hat meine Schlüssel gestohlen? Kann mir jemand Brot aus dem Supermarkt mitbringen? Der Kaffee ist alle. Wurde der Kater gefüttert? Solche Dinge. Hatte ich tatsächlich an den Kater gedacht? Ich schüttelte den Kopf und seufzte. Das war definitiv ein Zeichen dafür, dass ich durchdrehte. Die Idee mit dem gesonderten Chat für wichtige Dinge hatte ich jedenfalls sehr schnell wieder verworfen, weil jeder seine Prioritäten anders steckte. Mir würde also nichts anderes übrig bleiben, als zwischen den hundertachtundvierzig Nachrichten die eine herauszufiltern, die mir persönlich wichtig erschien. Aber später. In diesem Augenblick drehte sich meine Gedankenwelt ausschließlich darum, wie ich Luka auf eine möglichst coole und abgeklärte Art und Weise wissen lassen konnte, dass Lena mich angesprochen hatte. Nach einer halben Stunde Gehirnschmalz und der exzessiven Benutzung des Löschen-Buttons, entschied ich mich für eine simple Feststellung.

KETTENSCHLUMPF & DU

Ich gehe davon aus, dass du die Lösungen für die Mathe Abschlussklausur hast. (13:08)

Klar, schick ich dir später. (13:09)

Dann folgte die nächste halbe Stunde Gehirnschmalz und ein noch viel exzessiverer Gebrauch des Löschen-

Buttons als zuvor. Wie fragte ich Luka nach dem Warum? Klar, schick ich dir später. Hallo? Das klang so selbstverständlich. Als wäre es das Normalste auf der Welt. Ätzend! Ich brauchte keine Schützenhilfe. Was bildete er sich eigentlich ein? Okay. Zugegeben. Ich hatte keine Dates. Aber das hieß noch lange nicht, dass er mir ungefragt unter die Arme greifen sollte. Ich wollte nämlich keine Dates. Daheim nicht und hier erst recht nicht. Ich würde am Ende des Semesters wieder im Flieger sitzen. Alles, was ich jetzt anfing, würde dann nur Ärger bringen. Lass mich bitte nicht allein. Szenen wie sie im Buche standen. Das galt für Freundschaften, und für Beziehungen um so mehr. Dinge, die ich nicht gebrauchen konnte. War ja klar, dass sich Luka da rotzfrech einmischen würde. Ich blätterte eine Seite in meinem Buch um. Nicht, dass ich die Vorherige gelesen hätte. Aber man musste in der Bibliothek den Schein waren, sonst wurde man aufgefordert, seinen Platz freizugeben. Hatte ich schon, brauchte ich nicht noch einmal. Ich klickte den Chat mit meinem allerliebsten, blassblauen Punk auf und zu und wusste nicht, ob ich überhaupt noch etwas sagen wollte. Oder sollte. Ich war schon wieder genervt, obwohl mir durchaus klar war, dass er diese Grundprinzipien, die ich mir selbst auferlegt hatte, gar nicht kennen konnte. Die Perlenpaula, die vor mir saß, drehte sich um und strafte mich mit einem Blick, der aus der Hölle kam. Selbstverständlich hatte ich den Ton meines Telefons ausgeschaltet. Aber scheinbar war sie alleine von dem leisen Summen, das die Vibrationsfunktion verursachte, genervt. Deshalb stand ich auf und schlich ins Treppenhaus. Dort setzte ich mich im Schneidersitz in eine Ecke, damit mir keiner nachsagen konnte, ich würde den Weg blockieren, und tippte meine Chatliste an. Meine Schwester hatte geantwortet.

JESS & DU

Ein Date? Mit wem? Luka? (13:23)

Was? Nein!!! (13:23)

Nicht? Schade. (13:24)

Bist du dumm? (13:25)

Warum? Hätte doch sein können. Du weißt ja, wie man sagt. (13:25)

Nein. Wie sagt man denn? (13:26)

Was sich liebt, das neckt sich. :P (13:27)

Wir necken uns nicht. Er macht mich irre. End of story. (13:28)

Schade. Also? Wer ist es? Er? Sie? (13:28)

Sie. Lena. (13:28)

Und wie habt ihr euch kennengelernt? (13:29)

Noch da, Matt? (13:35)

That's the thing. It was a setup. Luka hat das eingefädelt. (13:36)

O_o (13:37)

Genau mein Gedanke. (13:37)

Jetzt mal im Ernst. Ich bleibe bei meiner Theorie: Er will dein Kumpel sein. (13:38)

Geh zu dem Date. Sei einfach du selbst. (13:39)

Haha! Weil ich das so super kann. Wo warst du die letzten Jahre? (13:40)

All the girls think you're charming, Matt. (Und die Jungs auch). (13:41)

Why do I even talk to you? Du verarschst mich nur, Jess. Hör auf! Das kostet mich Nerven, die ich nicht habe. (13:42)

Ich meine das ernst. Du FÜHLST dich nur verarscht. (13:42)

Überlass ihr das Reden. Das läuft schon. Mach dir nicht so viele Gedanken. (13:43)

Sei mir nicht böse, aber ich muss jetzt los. Erzähl mir dann, wie es war. (13:43)

Allright. See ya. (13:44)

Bye, Matt. (13:45)

Warum diese bemitleidenden Blicke? Konnte man nicht einfach mal im Treppenhaus sitzen? Dass mir die Leute, die an mir vorbeigingen, kein Kleingeld zusteckten, war alles.

»What?«

In diesem einzelnen Wort steckte mehr Ablehnung und Missbilligung als andere in einen ganzen Satz packen konnten, und es erfüllte seinen Zweck. Die zwei Mädels gingen weiter. Sie tuschelten, und vermutlich fielen dabei ein paar nicht so schöne Bezeichnungen für meine Person, aber ich hatte meine Ruhe. Als ich wieder zum WG-Chat wechseln wollte, kam eine neue Nachricht von Luka.

KETTENSCHLUMPF & DU

Schick ihr einfach das Foto. (13:47)

What? Wem? Welches Foto? Warum? (13:48)

Sirin. Das Foto, das ich heute früh mit deinem Handy gemacht habe. Damit sie zufrieden ist. (13:48)

Er hatte mit meinem Handy bitte was getan? Jetzt wurde mir klar, warum ich heute früh zwei Stunden lang danach hatte suchen dürfen. Der Schlumpf hatte sich daran zu schaffen gemacht und es dann einfach irgendwo abgelegt. Und ich dachte, ich war nicht mehr ganz dicht. Na prima. Was kam als Nächstes? Sollte ich mich vielleicht innerlich darauf einstellen, dass es kein Date zu zweit war? Sondern zu dritt. Inklusive Luka. Zuzutrauen war es ihm jedenfalls. Und bei meinem Glück ging sie dann mit ihm nach Hause, nicht mit mir. Obwohl bei ihm zu Hause gleichzeitig bei mir zu Hause bedeutete. Und darüber wollte ich erst recht nicht nachdenken. Holy fucking Jesus. Ich öffnete den Ordner mit den Fotos und sah mir das neuste an. Eine Küchenzeile. Nein. Unsere Küchenzeile. Der Toaster, die Kaffeemaschine, eine Flasche Wasser, die Zeitung, unter der ich mein Telefon gefunden hatte. Was, zum Teufel, sollte das? Ich öffnete den WG-Chat und überflog den Verlauf. Blah. Party. Blah. Was hatten die alle nur mit dieser Party? Offenbar war das eine größere Sache und benötigte Planung. Allerdings war es auch das Letzte, worüber ich gerade nachdenken wollte. Ich scrollte deshalb bis ans Ende, um zu sehen, ob ich zum einen herausfinden konnte, was bezüglich der Party beschlossen worden war. Konnte ich nicht. Das war alles zu wirr. Und zum anderen, ob ich herausfinden konnte, was mir Luka sagen wollte. Konnte ich. Denn Sirins letzter Satz lautete: Oh mein Gott! Matt, hast du den Stecker von der Kaffeemaschine gezogen? Die konnte froh sein, dass sie nicht in meiner Nähe war, sonst wäre ich ihr an den Hals gesprungen. Das war doch nicht auszuhalten! Ich ließ meinen Kopf nach hinten gegen die Wand fallen, kniff die Augen zu und hätte am liebsten das dämliche Telefon gegen die Wand geworfen. Und dann kapierte ich vollends, was dieses Foto mir sagen sollte. Beziehungsweise nicht mir. Ich war gar nicht der Adressat. Sondern Sirin. Wenn man genau hinsah, fiel auf, dass der Stecker gezogen war. Und wenn man das Bild vergrößerte, konnte man das Datum auf der Tageszeitung lesen. Er hatte mein Telefon nicht einfach irgendwo abgelegt. Nein. So ein cleverer Bastard! Und natürlich hatte er gewusst, dass, wenn jemand nach dem Stecker gefragt wurde, ich das war. Mir traute Sirin nicht. Die anderen kannte sie länger als mich. Aber wieso? Wieso verschwendete Luka überhaupt einen Gedanken an so etwas? Warum? Ich checkte es einfach nicht. Ich atmete tief durch, wischte mir die Haare aus dem Gesicht und schickte das Foto kommentarlos in die Gruppe.

Pünktlich nach Schichtwechsel kam Karla zu mir hoch und klimperte leise mit dem Schlüssel für einen der Gruppenräume. Wenn ein Raum frei war, brachte sie immer einen Schlüssel mit. Seit heute wusste ich auch warum. Damit wir die anderen Studenten nicht störten und keine Todesblicke ernteten. Oder noch schlimmer, Bibliotheksverbot erteilt bekamen. Ich stand auf und folgte ihr. Sie trug ausnahmsweise keine Trainingsklamotten, sondern skinny Jeans und eines dieser gerade total modischen Shirts, die hauptsächlich aus Kragen bestanden. Und siehe da, unter dem ganzen schlabberigen Sportzeugs war tatsächlich irgendwo ein weibliches Wesen versteckt. Wer hätte das gedacht? Ich schloss die Tür hinter mir und setzte mich im Schneidersitz auf einen der Tische, während Karla stehen blieb und eine Augenbraue nach oben zog.

»Lena. Hm?«

Ich zuckte mit den Schultern und zog die Kapuze meines Pullovers ins Gesicht, um mich von ihrem Blick abzuschirmen. Wenn das jetzt eines dieser Gespräche wurde, in denen die beste Freundin das Date in die Mangel nahm, um verständlich zu machen, dass sie einem das Leben zur Hölle machen würde, wenn man Mist baute, wollte ich bitte gleich wieder gehen.

»Was soll das denn heißen? Ich denke, ihr habt heute Abend ein Date. Oder nicht?«

Ich zuckte erneut mit den Schultern und sie verdrehte die Augen.

»Matthew! Rede mit mir.«

Sie klang fast wie meine Schwester. Vielleicht taten das aber alle Frauen, die mit mir die Geduld verloren. Ich seufzte.

»Ich weiß nicht, ob das heute Abend ein Date ist. Vielleicht fragst du da besser Luka.«

»Luka?«

»Ja, Luka. Er hat das arrangiert. Für mich ist das genauso neu wie für dich, Karla.«

Sie lachte und schüttelte den Kopf.

»What?«

Erneutes Kopfschütteln. Dann winkte sie ab.

»Nichts. Ich hätte es mir nur denken sollen. Egal. Lena hat mich angerufen. Ich soll dir ausrichten, dass sie einen Termin vergessen hat. Sie wird es deshalb bis sechs Uhr nicht schaffen. Du sollst um acht Uhr ins *35-Millimeter* kommen.«

»Was ist das?«

»Die Bar hinterm Dom.«

Das *35-Millimeter* war eine Movie-Bar. Die Fensterfronten waren mit fünfunddreißig Millimeter Filmtape gerahmt, was den Namen erklärte. Ich stand im Sprühregen vor der Eingangstür, die auf der rechten Seite mit dem Konterfei Audrey Hepburns verziert war, und steckte die Hände tief in die Hosentaschen. Ich hatte ein extrem ungutes Gefühl, aber es blieb mir nichts anderes übrig, als die Tür zu öffnen und hineinzugehen. Ich konnte Lena schließlich nicht sitzenlassen. Zum einen war so etwas gar nicht nett, zum anderen würde mich Karla einen Kopf kürzer machen. Luka wahrscheinlich auch. Hinter der Glastür hing ein dicker Vorhang aus rotem Samt, der einem die Sicht auf den Innenraum versperrte. Letzt Chance, Matt! Ich schob meine Kapuze nach hinten und trat durch die Stoffbahnen. Es war duster. Lediglich die Bar war indirekt beleuchtet und auf dem Tresen standen Teelichter. Am Boden waberte künstlicher Nebel, der nach Kokos roch, mir sofort die Tränen in die Augen trieb und die Luft zum Atmen nahm. An den Fensterfronten standen Couchtische und Sessel, sonst waren im Raum Stehtische verteilt. Im Hintergrund lief Musik. Moon River. Wenn die hier ausschließlich Audrey-Hepburn-Songs spielten, würde ich über kurz oder lang jemanden erdolchen. Ganz hinten in der Ecke am Fenster erkannte ich Ana und den Studentenverbindungsfuzzi. Himmel! Ich hatte gehofft, den beiden und Kim nie wieder über den Weg laufen zu müssen. Da war aber wohl der Wunsch der Vater des Gedankens, denn bei näherer Betrachtung befanden sich hier einige Personen, die tagsüber im selben Stock der Bibliothek saßen und lernten wie ich. In meiner Hosentasche vibrierte es schon wieder. Den ganzen Nachmittag über hatte Luka mich ungefragt mit irgendwelchen Informationen gefüttert. Herkunft, Studienfächer, Lieblingsfilm, Lieblingsmusik, Vorlieben, was Literatur betraf. Lieblingsrestaurant, Freunde, Bekannte, Leute, mit denen Lena gar nicht klarkam. Was kam jetzt? Ihre Körbchengröße? Die Person, die alleine am Tresen saß, riss mich aus meinen Gedanken, denn sie winkte mir. Karla. Ich war überrascht. Hätte sie mir nicht heute Mittag sagen können, dass sie hier sein würde? Ich lief durch den Raum, blieb neben ihrem Barhocker stehen und hob die Hand zum Gruß.

»Na, Matt. Alles klar?«

Ich nickte und Karla winkte den Barkeeper heran.

»Mark, das ist Matthew. Matthew, Mark. Der Mann, der die Klarinette ertragen muss.«

Sie grinste und ich zog eine Augenbraue hoch.

»Dein Freund?«

Mark streckte seine Hand über den Tresen.

»Ja, ihr Freund. Hi Matthew. Was willst du trinken?«

»Ähm. Egal. Irgendwas ohne Alkohol.«

Er musterte mich, nickte dann und ging. War das so ungewöhnlich? Das war doch wie verhext. Früher musste ich mich rechtfertigen, wenn ich Alkohol trank, jetzt musste ich es, wenn ich es nicht tat. Unglaublich. Karla nippte an einem Glas Rotwein und wies, mit dem Kopf nickend, hinter mich.

»Lena ist in den Filmraum gegangen. Ihr Handy hat geklingelt. Da hinten ist es ruhiger.«

Dann drückte sie mir einen Drink in die Hand, der erstaunlich viel Gemüse enthielt, und schickte mich quasi mit einem Blick nach hinten. War das eine Gurke? Und Ingwer? Was, zum Henker, hatte Mark da zusammengebraut? Ich ging durch den Raum und versuchte nicht allzu viel Nebel aufzuwirbeln. Das Zeug fraß sich in meine Lungen und verursachte permanenten Hustenreiz. Hinter dem nächsten Samtvorhang verbarg sich der fast nebelfreie Filmraum. Auf der Leinwand lief ein alter Schwarz-Weiß-Film ohne Ton. War das Judy Garland in: *Der Zauberer von Oz*? Ich blieb stehen, starrte auf die Leinwand und wartete auf den Auftritt des Blechmannes, bevor ich mich weiter umsah. Links von mir standen hintereinander aufgereihte, rote Sofas, die alle auf die Leinwand blicken ließen, und rechts von mir runde Tische und Stühle. Für die Leute, die sich nicht nur von der Leinwand berieseln lassen wollten. Am Ende des Raumes stand eine Person von ihrem Sitzplatz auf und kam auf den Ausgang zu. Die Lichtquelle hinter ihr ließ ihre Haare rosa leuchten. Und als sie aus dem Lichtschein der Leinwand trat, erkannte ich Lena. Sie hatte sich umgezogen. Das Kleid war jetzt schwarz und um einiges kürzer als das graue Strickkleid, das sie in der Uni getragen hatte. Die pinkfarbigen Overknees waren geblieben, aber die Chuck's hatte sie gegen schwarze Stiefel getauscht. Sie kam lächelnd auf mich zu, schlang einen Arm um mich und drückte mich an sich. Dahin schwand der von mir bevorzugte Distanzbereich. Lena nahm meine Hand und führte mich zu den roten Sofas. Ich konnte es einfach nicht ändern. Ich musste ständig an die Verbindungsparty denken. Vermutlich auch deshalb, weil Ana draußen an der Bar saß. Ich kaute meine Lippe blutig und wusste trotzdem nicht, wie ich diese Erinnerungen abschütteln sollte. Allein dieser Ort vermittelte mir den Eindruck, dass die Umschreibung, einen Kaffee trinken zu gehen, auf neudeutsch nichts anderes hieß, als:

Fuck me. Klar. Das hier war Lena. Nicht Ana oder Kim. Und so wie ich es verstanden hatte, trug Lena das Luka-Gütesiegel. Insofern sollte ich mir wirklich nicht so viele Gedanken machen.

»Keine Ahnung, oder wie? Matthew?«

Ich blinzelte.

»What? Sorry. Wie bitte?«

»Ich hab gefragt, was das ist.«

Sie deutete auf mein Glas und ich zuckte mit den Schultern. Als ich immer noch nichts sagte, griff sie einfach zum Glas, nahm es mir aus der Hand und probierte. Der gehässige Teil meiner Selbst freute sich wie ein Schneekönig. Für den unwahrscheinlichen Fall, dass Mark irgendetwas in den Drink gemischt hatte, würde sie nun als Erste sterben. Der nicht ganz so abgefuckte Teil von mir schämte sich für diese Überlegungen. Aber was sollte man machen? Sich Vorkoster zu halten, war schließlich schon im Mittelalter eine beliebte Überlebensstrategie. Wenn man diese ganze Angelegenheit hier betrachtete, lag es sogar im Bereich des Möglichen, dass Luka gerade dieselbe Taktik verfolgte. Vielleicht war ich Lukas Versuchskaninchen, was Lena betraf. Zur Hölle mit dem Luka-Gütesiegel! Höchstwahrscheinlich gab es das gar nicht. Sondern der Gedanke war ausschließlich meiner eigenen Gutmütigkeit zuzuschreiben. Oder, und das war durchaus noch viel, viel wahrscheinlicher, ich war schlichtweg vollkommen paranoid! Ich atmete tief durch und schielte auf die Leinwand. Gerade war noch der Abspann von *Der Zauberer von Oz* zu sehen gewesen, nun lief das Intro zu *High Button Shoes*. Da waren wir also wieder bei Audrey Hepburn gelandet. Was sagte es bloß über mich aus, dass ich dieses Musical aus der Nachkriegszeit überhaupt kannte? Gute Frage. Nein! Schlechte Frage. Denn die Verfolgung der Filme und die in diesem Zusammenhang aufkommenden Theorien über meinen Geisteszustand lenkten mich nur von der eigentlichen Problematik ab. Nämlich: Wie ging ich mit Lena um? Der Ratschlag meiner Schwester, ich solle ihr das Reden überlassen, hatte dummerweise nicht berücksichtigt, dass mein Date selbst vielleicht gar nicht darauf aus war, allzu viel zu reden. Zumindest nicht über Dinge, die eine Antwort erforderten und mich automatisch mit ins Geschehen einbanden. Während hinter uns ein Pärchen die Couch zur öffentlichen Zurschaustellung ihrer innigen Zuneigung zueinander nutzte, die zwei Mädels vor uns ausgelassen zur stummgeschalteten Musicalmusik sangen und der ätzende Kokosnebel langsam auch diesen Raum eroberte, rutschte Lena Stückchen für Stückchen näher an mich ran. Sie zupfte mit ihren bonbonrosafarbigen Nägeln ständig am Saum meiner Ärmel und streifte dabei beiläufig immer wieder über meine spröden Knöchel. Lag bestimmt am Nebel. Der fraß sich nicht nur in meine Lungen, sondern auch in meine Haut.

»Dann bist du irgendwie nicht mehr aufgetaucht, und

ich dachte, du seist vielleicht gar kein Student.«

Ich hustete und zog mir die Ärmel bis über die Finger. Lena starrte mich an und ich reproduzierte ihren letzten Satz in meinem Kopf, ehe ich versuchte, angemessen zu reagieren.

»Wo? Wo nicht aufgetaucht?«

Ein Glück hatte ich den Ausländerbonus. Für mich war es völlig legitim, manche Dinge nicht sofort zu verstehen. Schon klar. Lahme Ausrede, wenn man sonst die Sprache fließend sprach. Aber man musste sich manchmal an jeden Strohhalm klammern, der einem zur Verfügung stand.

»Na, in der Uni. Ich hatte dich nach der Begrüßung des Dekans zum Semesterbeginn nicht mehr gesehen. Hätte ja sein können, dass du einfach der Bruder von irgendwem bist, und gar kein Student.«

»Hätte sein können.«

Ich nickte und Lena rutschte soweit an meine Seite, dass zwischen uns kein Blatt Papier mehr passte.

»Hat mich ganz schön geärgert.«

»Was?«

»Dass ich dich damals nicht angesprochen habe.«

»Ah. Okay.«

Sie zog an der Schnürung meines Pullovers, legte, wenn sie lachte, ihren Kopf an meine Schulter, und konnte sich offensichtlich nicht entscheiden, ob meine Haare nun hinter meinem Ohr klemmen sollten oder nicht.

Vor. Zurück. Berührungen hier. Körperkontakt da. Und irgendwie nahm diese Nähesituation langsam Ausmaße an, die meine Gedanken wieder zu meiner letzten Begegnung dieser Art führten. Kim. Ana. Verbindungsparty. Und natürlich Luka, der damals meinen Retter spielte und heute Initiator war. Die Herrschaften hinter uns nahmen das Gegröle der Mädels vor uns wohl als Anlass, sich hier wie zu Hause zu fühlen. Die Hemmungen sanken. Ihre Spielchen wurden hitziger. Aus dem Augenwinkel konnte ich beobachten, dass sie zwischenzeitlich auf seinem Schoß saß und methodisch einen Knutschfleck an seinem Hals an den nächsten reihte. Wo seine Hände waren, wollte ich gar nicht so genau wissen. Sie waren jedenfalls auf der Innenseite der Kleidung. Mehr Information brauchte man nicht. Lena durchkämmte mit ihren Fingern die Haare an meinem Hinterkopf und massierte sanft meinen Nacken. Hatte ich wieder irgendetwas verpasst? Sie flüsterte.

»Matthew? Du bist total angespannt. Was ist?«

Ich schüttelte den Kopf.

»Nichts. Alles okay.«

Aber eigentlich war ich gedanklich schon wieder bei dem Pärchen hinter uns. Warum? Weil ich gerade auf eine verquere Art und Weise einen Blick auf mich selbst erhielt. Stichwort Verbindungsparty. Sie vermittelten mir nicht nur einen lebhaften Eindruck davon, wie Kim, Ana und ich auf dieser Party auf andere gewirkt haben mussten. Besonders das! Aber nicht nur. Es öffnete mir außerdem ein Vorschaufenster auf das Hier und Jetzt. Darauf, welchen Weg Lena und ich gerade einschlugen. Sie war nett. Und hübsch. Ach was! Karten auf den Tisch. Lena war heiß! Keine Frage. Und ich war dem, was sie gerade tat, nicht abgeneigt. Kein bisschen. Alles andere war schlicht gelogen. Trotzdem hatte sie recht. Ich war vollkommen verspannt. Verkrampft. Eckig. Ungelenk. Man konnte es nennen, wie man wollte, es änderte nichts an der Tatsache. Was hatte sich Luka nur dabei gedacht? Er handelte immer mit Kalkül, da war ich mir mittlerweile todsicher. Ich wusste nur nicht immer, welche Motivation dahinter steckte. Nicht immer? Blödsinn! Nie! Ich wusste es nie. Das war ja genau der Punkt, der mich total irre machte. Luka hatte mir ohne Anlass und völlig aus dem Off geschrieben, dass ich nicht zu dieser Party gehen sollte. Natürlich war ich hingegangen. Schon allein aus Trotz. Die Frage, die sich hier stellte, war die, ob er das wusste. Ob er damit gerechnet hatte und mich somit quasi indirekt dazu getrieben hatte, dort aufzutauchen. Oder war das schlichtweg meine eigene Dummheit? Und wenn erstere Überlegung der Wahrheit doch am nächsten kam, wieso sorgte er erst dafür, dass ich an der Party teilnahm und holte mich dann wieder raus? Gerade noch rechtzeitig, bevor das Kind in den Brunnen fiel. Und letztendlich: Was bedeutete das für diesen Abend? Für Lena? Die gerade ihre Finger mit meinen verwob, und mir schmetterlingszarte Küsse auf die Mundwinkel hauchte? Ich schluckte schwer. Und sie verstand mein Stocken als Unsicherheit. Sie kicherte leise und herzlich, während sie ihren Zeigefinger an mein Kinn legte und sich zu mir beugte. Lenas Lippen fühlten sich warm und weich an. Ganz sanft und ruhig. Kein bisschen wie das hitzige Durcheinander mit Kim und Ana. Und wieder fragte ich mich, was das alles zu bedeuten hatte. Wieso schickte Luka mich hierher? Wieso fädelte er das ein? Wieso schob er mir tausende von Informationen über Lena zu? Informationen, die ich, nebenbei bemerkt, gar nicht verwerten konnte, weil sie heute nicht ansatzweise eine Rolle gespielt hatten. Was, um alles in der Welt, wollte dieser blassblaue Kettenpunk? Lena neigte ihren Kopf zur Seite und seufzte.

»Wo bist du nur mit deinen Gedanken?«

»Luka.«

Sie wich zurück und sah mich fragend an.

»Bei Luka?«

»What?«

Und dann wurde mir klar, was ich gerade gesagt hatte.

»No! Forget it! Ich wollte nicht ...«

Lena verschränkte die Arme vor der Brust und zog eine Augenbraue hoch.

»Luka und du? Sollte ich da irgendetwas wissen?«

Ich wollte mir die Haare raufen und den Kopf an die Wand schlagen. Ich wischte mir mit einer Hand übers

Gesicht und knirschte mit den Zähnen.

»Nein! Lena, nein! Luka ist nur ... er hat ... Jesus. Fucking. Christ!«

Mir fehlten die Worte. Wie sollte ich bloß erklären, dass das einzige Problem hier ich selbst war? Mein Misstrauen. Der klägliche Versuch, Lukas Verhaltensweisen nachzuvollziehen und zu bewerten. Nicht Luka selbst. Und sie schon gar nicht! Schon wieder saß ich da und mir gingen tausend Dinge durch den Kopf. Aber nach außen hin herrschte Stille. Betretenes Schweigen, das Lena gar nicht anders werten konnte, als das, was es letztendlich auch irgendwie war: Ablehnung. Sie schüttelte das Kissen auf, das unter ihrem Knie gelegen hatte, und bemühte sich sichtlich um Contenance.

»Matthew. Ich mag dich wirklich. Aber ich glaube, du musst erst mal ein paar Dinge geregelt kriegen.«

Aua. Das tat weh. Sie gab mir erst gar keine Chance, etwas darauf zu erwidern. Lena stand auf, strich ihr Kleid glatt und ging. Und ich ließ mich, Gesicht voran, in die Sofakissen fallen. Fuck. My. Life. Was sollte ich nun tun? Mich hemmungslos besaufen und anschließend im Straßengraben meinen Rausch ausschlafen? Angemessen wäre es jedenfalls gewesen.

Es war kurz nach zwölf, als ich den Schlüssel im Schloss drehte und die WG betrat. Nüchtern. Aber mit blutendem Ego. Lustlos und müde stellte ich meine Schuhe ins Regal. Das Letzte, was ich jetzt noch brauchte, war Sirins Gemecker. Also zwang ich mich zur Ordnung. Ich nahm die Flasche Wasser von der Küchenzeile, die noch genau am selben Fleck stand, wie auf dem Foto zu sehen gewesen war, und trank den letzten Schluck. Aus Roberts Zimmer kamen leise Geräusche. Mechanisch. Abgehackt. Welches Game es auch war, die Gegner hatten sicherlich nicht die leiseste Chance. Sonst war es totenstill. Karla war nicht zu Hause, das wusste ich. Sirin schlief bestimmt. Zwischen Eierkartons und mit Oropax ausgestattet. Und Luka? Keine Ahnung. Jedenfalls war kein Klavier zu hören. Meine Schlüssel legte ich auf den Küchentisch und zog anschließend mein Handy aus der Tasche. Es blinkte in den schillerndsten Farben und Formen. Nein. Ich wollte nicht wissen, was da schon wieder im WG-Chat los war. Nein. Ich wollte auch nicht mit meiner Schwester sprechen. Das Einzige, was ich vielleicht wollte, war eine Nachricht von Ethan und Jake. Aber an diesem Ende herrschte beharrliche Stille. Ganz anders als bei Robert, der fluchend aus seinem Zimmer gehechtet kam, ins Bad rannte und mit einem Stapel Handtücher unterm Arm wieder zurückrannte. Ich tippte auf: Tastatur unter Wasser gesetzt. Keine Ahnung, ob er mich gesehen hatte oder nicht. Er schlug jedenfalls die Tür hinter sich zu. Wie ein geprügelter Hund schlich ich leise durch den Gang zu meinem Zimmer und knipste die

Lichter hinter mir aus. Innerlich hatte ich mit diesem Tag bereits abgeschlossen. Aber das Universum sah das wohl ein bisschen anders. Auf meinem Bett lag, ganz gechillt und mit Kater Nein auf dem Schoß, Luka und las ein Buch. Er hob einen Zeigefinger. Ich sollte warten, bis er die Zeile zu Ende gelesen hatte. Als ob das hier sein Zimmer war. Hallo? Er lag auf meinem Bett, nicht ich auf seinem. Ich ignorierte ihn, zog den nassgeregneten Pullover über meinen Kopf und schmiss ihn über die untere Kante des Bettes. Luka schielte nach oben, legte den Kopf schief, kniff die Augen zusammen und klappte das Buch zu.

»Du riechst nach ...«

Wieder ein abschätziger Blick seinerseits. Ich roch es schon gar nicht mehr. Dieses verdammte Kokoszeug. Aber wenn Luka sofort darauf aufmerksam wurde, musste ich stinken wie eine ganze Rafaelofabrik. Während mir die Erklärung noch auf der Zunge lag, posaunte Luka schon lauthals seine eigenen waghalsigen Vermutungen durchs Zimmer.

»Sex?«

Ich war wie vor den Kopf gestoßen.

»What?«

»Na ja. Dieses bestechende Kokosparfum ist ja wohl nicht deins.«

Er schob den Kater von seinem Schoß, der sich davon aber gar nicht stören ließ, und unbeeindruckt einen Meter weiter links weiterschlief. Luka setzte sich aufrecht hin, rasselte dabei mit seinen Ketten, und verschränkte die Arme vor der Brust.

»Da habt ihr es aber echt eilig gehabt. Ich bin überrascht.«

Jetzt riss mir aber die Hutschnur. Er war überrascht? Er? Ernsthaft? Er war doch derjenige, der den ganzen Scheiß eingefädelt hatte. Er wusste doch, wo er mich da hingeschickt hatte. Er kannte Lena doch! Ich roch an meinem Ärmel und hustete. Das T-Shirt stank genauso wie der Pullover, den ich darüber getragen hatte.

»Das kommt vom Trockeneis, du Vollidiot! Aber, wenn wir schon mal bei dem Thema sind: Behalt deine Bitches das nächste Mal für dich!«

Luka starrte mich verständnislos an.

»Meine Bitches? Du redest von Lena?«

»Ach, komm schon, Luka! Lass einfach stecken. Du hast mich drangekriegt. Du hast gewonnen. Ich bin der Depp des Abends. Okay? Und jetzt sieh zu, dass du hier verschwindest!«

Luka war der König der Überlegenheit. Sonst. Was jetzt über sein Gesicht huschte, war eher ein Ausdruck tiefster Ratlosigkeit. Guter Schauspieler. Das musste man ihm lassen. Er setzte ein paar Mal an, etwas zu sagen, rutschte an die Bettkante und stützte die Ellenbogen auf die Knie. Was auch immer ihm durch den Kopf gegangen sein mochte, er beließ es letztendlich bei einer simplen und frechen Frage.

»Was ist passiert?«

Was passiert war? Was hatte er denn erwartet, das passieren würde? Ich deutete auf die Tür.

»Hör auf, mich zu verarschen, und geh!«

»Schneewittchen. Im Ernst. Was ist passiert?«

Obwohl ich mich innerlich dagegen sträubte, fasste ich in knappen Sätzen, die vermutlich alle überzogen waren, zusammen, wie sich das sogenannte Treffen auf einen Kaffee entwickelt hatte. Mit möglichst wenig Betonung darauf, dass ich Lena grundsätzlich betrachtet eigentlich ziemlich gut fand, und entsprechend mehr Betonung darauf, dass ich extrem scheiße fand, wie Luka sie mir mit all seinen Informationen nettgeredet hatte, obwohl er wusste, dass sie eine dieser Personen war, die von Kaffee redeten und an die Wäsche gehen meinten. Nur ganz beiläufig und untergeordnet erwähnte ich, dass Lena trotzdem gegangen war. Und zwar nicht, weil sie bekommen hatte, was sie wollte, sondern weil ich das Paradebeispiel der zwischenmenschlichen Niete war. Am Ende meiner Ausführungen angelangt, besaß Luka dann tatsächlich auch noch die Unverfrorenheit, mich völlig überrascht und mit offenem Mund anzustarren. Er fuhr sich mit den Fingern durch sein struppiges, blassblaues Haar und schüttelte den Kopf.

»Das hab ich nicht kommen sehen.«

»What?«

»Dass das so laufen würde. Und Lena. Das hab ich so echt nicht kommen sehen, Snow White.«

»Ach, hör doch auf!«

Luka zuckte mit den Schultern.

»Ich kann mich doch auch mal irren. Oder nicht?«

Herrgott nochmal! Der hatte Nerven!

»Leck mich! Wir können diesem ganzen kranken Mist aber auch aus dem Weg gehen, indem du einfach damit aufhörst, in meinem Leben herumzupfuschen! Ich hatte dich nicht darum gebeten. Ich will nicht, dass du mir irgendwelche Ratschläge erteilst. Ich will deine Hilfe nicht! Du sollst mir keine Dates verschaffen. Ich will meine Ruhe!«

Ich war nicht laut geworden. Aber mein Tonfall lag unterhalb der Null-Grad-Linie. Frostig. Ganz wie es eben Lukas Art war, ignorierte er mich vollkommen und machte einfach an einem anderen Punkt weiter. Natürlich an dem, den ich am liebsten drei Meter tief begraben und totgeschwiegen hätte. Ich. Nicht so Luka.

»Sie ist dann wirklich gegangen?«

Ich schnaubte abfällig.

»Mensch, Schneewittchen. An deinem Sozialverhalten müssen wir echt noch arbeiten.«

Jetzt war aber Schicht im Schacht! War der Kerl mein scheiß Psychiater? Ich nahm das Buch vom Bett, schmiss es in den Flur hinaus und brüllte so laut, dass vermutlich das ganze Haus aus dem Schlaf gerissen wurde.

»Wir müssen gar nichts! Ich nicht. Und du schon gar nicht. Hau endlich ab!«

Luka stand von meinem Bett auf und deutete zur Tür.

»Du, das war dein Buch.«

»Raus!«

Ich hörte es selbst. Ich war hysterisch. Luka klopfte mir auf die Schulter und ging zur Tür. Dann drehte er sich nochmals um.

»Ich hole morgen früh die Kostüme ab. Damit du Bescheid weißt.«

»I don't fucking care! Get out!«

War mir wirklich scheißegal! Kostüme? Welche Kostüme? Ich konnte nicht mehr klar denken und wollte mich eigentlich nur noch heulend unter meiner Decke verkriechen.

So schlecht wie in dieser Nacht hatte ich seit meiner Ankunft nicht mehr geschlafen. Ständig wachte ich auf. Mitunter lag es vermutlich am Katzenjammer. In der Regel wollte der Kater in mein Zimmer hinein. In dieser Nacht wollte er hinaus. Katzen waren immer auf der falschen Seite der Tür. Das war ein Gesetz. Und Kater Nein war stur. Erst ignorierte ich ihn, dann schrie ich ihn an. Aber das störrische Tier ließ sich nicht beirren. Am Ende saß er direkt neben meinem Kopf und brüllte mir ins Ohr, während er versuchte, die Decke wegzukratzen. Oder er dachte, ich sei tot und versuchte mich zu verscharren, bevor ich anfing zu stinken. Oder noch schlimmer: Er versuchte, mich freizubuddeln und mich anzukauen als sei ich Aas, weil ich ohnehin bestialisch stank. Nach Kokos. Aber was wussten Katzen schon von Verwesung? Ich hätte ihn am liebsten mit dem Kopf nach unten an die Wand genagelt. Als ich das seelenlose Tier schließlich aus seinem Gefängnis befreite, lagen Schlüssel und Handy vor der Tür am Boden. Beides meine. Die hatte ich auf dem Esstisch liegenlassen. Jetzt fing die blaue Pestilenz schon damit an, mir mitten in der Nacht meine Sachen hinterherzutragen. Der hatte echt sonst keine Probleme.

JAKE & DU

Jake? (00:54)

Please? (00:55)

Ich verharrte mit dem Daumen über dem Senden-Button. Das hatte doch überhaupt keinen Sinn! Please? Um was bat ich ihn denn? Absolution? Ein Wunder? Es war definitiv zu spät für klare Gedanken. Ich ließ die Nachricht eingetippt, schloss aber den Chat. Im Foto-Ordner lag ein neues Bild. Luka hatte mir am Nachmittag tatsächlich die Ergebnisse der Klausur geschickt. Für Lena. Die war allerdings gegangen, bevor es überhaupt auf dieses Thema gekommen war. Oder ich hatte nicht zugehört. Konnte auch sein. Jess hatte mir zwischenzeitlich auch eine Nachricht gesendet.

JESS & DU

Du sagst gar nichts. (22:40)

Ich kenne dich. Wenn du schweigst,
liegt irgendetwas im Argen. (22:41)

Lief nicht gut? (22:41)

Gut erkannt, große Schwester. Ich würde auch noch eine ganze Weile weiter schweigen. In der Hoffnung, sie würde es mir nachsehen. Im WG-Chat lag auch eine ganze Latte ungelesener Nachrichten, die ich mir nicht ansehen wollte. Nicht heute Nacht. Und am nächsten Morgen vermutlich auch nicht.

Was mich weckte, war der Regen. Vor meinem Fenster ging schier die Welt unter. Zwar hörte ich keinen Donner, aber in der Ferne zuckte gleißendhelles Wetterleuchten. Am Himmel war rabenschwarze Nacht, obwohl die Uhr auf meinem Handy anderes behauptete. Nach meinem Kampf mit dem blöden Katzenvieh war ich eingeschlafen wie ein Stein. Tot für die Welt. Traumloser Schlaf, der nicht sonderlich erholsam war. Den Wecker hatte ich ausgeschaltet und den Klingelton auf stumm gestellt. Nun hatte ich den gesamten Vormittag verschlafen. Völlig egal. Die Uni konnte sowieso zur Hölle fahren. Meine Meinung. Deshalb blieb ich im Bett liegen und starrte die Decke an. Erstaunlich, was man alles hören konnte, wenn man sich zwang, die eigenen Gedanken auszuschalten und das schreiend laute Chaos im Kopf auszutricksen, indem man sich auf die leisesten Geräusche konzentrierte. Pfennigabsätze auf Laminatboden. Die gehörten zu Sirin, die aus dem Bad kam und Richtung Wohnzimmer lief. Eine dumpfe Basslinie. Ich kannte die Band nicht, aber das Lied lief ständig in Roberts Zimmer. Seine Tür war geschlossen, deshalb die gedämpften Klänge. Direkt vor meiner Tür ein leises Glöckchen. Kater Neins Spielzeugball. Und über allem lag die Melodie des Regens. Ich wollte nicht aufstehen. Am besten nie wieder. Oder lediglich, um meine Sachen zu packen und ins Taxi zum Flughafen zu springen. Ich zog mir die Decke über den Kopf, atmete tief ein und würgte fast. Kokos! Verdammter Dreck! Ich hätte echt kotzen können. Den Geruch konnte ich sogar noch weniger ertragen, als den Gedanken daran aufzustehen. Deshalb suchte ich ein paar frische Klamotten zusammen und ging duschen.

Meine miese Laune hatte etwas von Grippe und Erkältung. Man ging duschen oder baden, in der Erwartung, es ginge einem hinterher besser, was aber regelmäßig nicht der Fall war. Die Dusche war gut. Die Grabesstimmung blieb trotzdem. Ich Glückskind. Im Wohnzimmer saß Sirin auf der grüngeblümten Couch und bepinselte ihre Fingernägel. Die Welt hasste mich, schon klar. Warum sonst mischte man Nagellackentferner Kokosaroma bei? Ich versuchte, ausschließlich durch den Mund zu atmen und Sirin nicht vor die Füße zu kotzen. Selbstverständlich spielte sich diese Abneigung einzig und allein in meinem Kopf ab. Und ich überreagierte. Ich konnte aber nichts dagegen tun. Und wenn ich ehrlich war, wollte ich das in diesem Augenblick auch nicht. Sue me! Schweigend lief ich an meiner Mitbewohnerin vorbei und drückte auf den Knopf der Kaffeemaschine. Hecktisches Blinken. Wasser nachfüllen. War ja klar. Sirin sagte nichts, sondern beobachtete mich nur aus dem Augenwinkel. Sie brauchte auch gar nichts zu sagen. Ihr Blick verriet ohnehin alles. Ich saß hier im Hexenkessel der Tratscherei. Deshalb konnte ich ausschließen, dass Sirin nicht wusste, was am vorigen Abend geschehen war. Vielleicht keine Details, aber die waren auch nicht zwingend nötig. Mitleid und Neugierde tanzten in ihren Augen Limbo. Grauenvoll! Und meine Hoffnung, sie würde einfach die Klappe halten, ging in dem Moment in Rauch auf, als sie Luft holte.

»Die Milch ist alle, Matt.«

»Hm.«

Ich knurrte nur vor mich hin. Padmaschinenkaffee war

mit Milch gerade so ertragbar. Ohne ging gar nicht. Ich musste auch keine drei Mal raten, um zu wissen, wer die letzte Milch getrunken und nicht aufgefüllt hatte. Die Maschine schaltete ich also wieder aus und nahm eine Flasche Cola aus dem Kühlschrank.

»Zieh bitte den Stecker.«

»Jesus fucking Christ! Sirin! Ich ziehe immer den beschissenen Stecker!«

»Ich sag's ja nur.«

Ich kaute auf meiner Lippe, um nicht noch irgendeine eisige Bemerkung auszuspucken. Sirin packte ihr Zeug zusammen und stand auf. Sie deutete auf den beinlosen Sessel.

»Probier das. Wenn das nicht passt, müssen wir es noch tauschen.«

Dann ging sie in ihr Zimmer und ich verstand nur Bahnhof. Aber das war in letzter Zeit ja Routine. Über der Lehne hing ein weißer Kleidersack aus Plastik, an dem mit Tesafilm ein Flyer befestigt war. *Stadtstrand Café. Abschiedsparty an Halloween. Diesjähriges Motto: Feary Tales – Untote Märchen-Pärchen!* Am unteren Ende war mit Kugelschreiber notiert: *Ab geht die Post! MfG Luka.* Ich zog die Tüte ein Stückchen weiter über die Lehne und betrachtete das gelbe Post-It, das über dem Flyer klebte:

Muss nicht! - Karla
Muss nicht! - Sirin
Muss auch nicht! - Robert

Die Vene auf meiner Stirn pulsierte, noch ehe ich in den Kleidersack geschaut hatte. Wieso tat ich es überhaupt? Keine Ahnung. Ich wusste doch sowieso, was kommen würde. Luka hatte das arrangiert. Halb so schlimm war daher von vorn herein keine Option. Und trotzdem traf es mich wie ein Schlag, als ich den ersten Blick auf den Inhalt warf. Lange Stoffbahnen. Zartgelb und blau. Ich verschluckte mich an meinem eigenen Atem. Das war nicht wahr, oder? Ich setzte die Puzzleteile in meinem Kopf langsam zusammen. Sie hatten sich alle rausgeredet. Muss nicht! Wie damals bei meinem Einzug die Sache mit Kater Nein. Ich war der Letzte. Ich bekam das lange, wallende Kleid untergejubelt wie damals das struppige Vieh. Das Kostüm für die Halloween-Party. *Feary Tales – Untote Märchen-Pärchen!* Und ganz offensichtlich musste ich das Schneewittchen sein. Lukas Schneewittchen.

Das war zu viel. Ende. Der Spaß war an dieser Stelle definitiv vorbei und in meinem Kopf legte sich der Schalter um. Mit einem ohrenbetäubenden Knall landete die Cola-Flasche an Sirins Tür, krachte zu Boden und entleerte sich in einen bräunlichen See direkt vor ihrem Zimmer. Sie öffnete und trat in die Pfütze.

»Hey! Was soll ...«

Ich ließ ihr keine Zeit, um den Satz zu vollenden.

»Ihr seid doch alle nicht ganz richtig im Kopf!«

»Matty, schhhh. Was ist denn ...«

»Woah! Jetzt versuch bloß nicht, so zu tun, als ob du nicht weißt, was hier abgeht.«

Ich riss das Post-It von der Tüte, ging stampfend auf sie zu und knallte ihr den Klebezettel vor die Brust.

»Ihr könnt mich alle mal! Ich bin doch hier nicht der Depp vom Dienst!«

»Matt, das ist doch nur ein Spiel.«

Ich schluckte. Ein Spiel. Mit diesen Worten brannten bei mir endgültig alle Sicherungen durch. Ich raufte mir die Haare und trat mit voller Wucht neben Sirin gegen den Türrahmen. Die schrie auf und hüpfte zur Seite, während ich sie ankeifte.

»Das ist kein gottverfluchtes Spiel! Das ist es schon lange nicht mehr! Ihr und eure beschissenen Absprachen!«

»Was ist denn hier los?«

Robert stand gegenüber in seiner Tür und streckte den Kopf raus.

»Ach. Du jetzt auch noch? War ja klar. Miss Bollywood tut mal wieder so, als wäre sie klein und zerbrechlich und Kapitän Rotbart eilt gleich zur Rettung. Oder was? Ihr seid doch alle so verlogen, das ist schon nicht mehr wahr!«

Robert ging durch den Raum, trat über die Cola-Pfütze, schob Sirin rückwärts in ihr Zimmer und zog ihre Tür zu. Unglaublich!

»Was soll das? Die kann ruhig hören, was ich von ihr und ihrem ganzen Psychoscheiß halte! Matt, zieh den

Stecker. Matt, mach das Licht aus. Holy fucking Jesus! Mach eine scheiß Therapie, aber belästige mich nicht mit diesem ganzen Dreck!«

Robert schob mich leicht an der Schulter in Richtung Wohnzimmer und ich schlug grob seine Hand weg.

»Ist ja gut. Was ist denn los? Willst du …?«

Will ich was? Darüber reden? Ich wollte nicht darüber reden. Über nichts! Zum Henker! Es gab nichts zu reden. Aber ehe ich etwas sagen konnte, nickte Robert und hob den Kleidersack vom Boden auf.

»Ah. Das Schneewittchen ist das Problem.«

»Nein! Das scheiß Schneewittchen ist nicht das scheiß Problem! Ihr seid das scheiß Problem! Ihr alle und euer ganzer Psychomist.«

Ich riss Robert das Kleid aus der Hand, knüllte es zu einem Ball zusammen, warf es in die Ecke und schrie weiter.

»Karla ist nie da. Nie! Aber heute früh steht sie auf, fährt hierher, nur um den Zettel hier dran zu kleben. Ist klar. Und dann du. Du bist nachts wach. Immer! Du zockst nachts. Du kochst nachts. Du duschst nachts. Tagsüber fällst du hier rum, kriegst nichts auf die Reihe, pfeifst dir einen Joint nach dem anderen rein. Aber heute nicht. Ist ja klar. Heute bist du wach, um diesen beschissenen Zettel an dieses beschissene Kleid zu heften!«

Ich polterte durch die Küche, trat Stühle um und fegte tausend Kleinteile vom Esstisch. Inklusive Gläser, die auf dem Küchenboden in eine Million winzigkleine, spitze Scherben zersprangen. Ich starrte Robert mit glasigem Blick an und stieß einen gequälten Laut aus.

»Ihr macht mich alle krank!«

Ich rieb mir mit den Handballen die Augen und erwartete, dass Robert irgendetwas sagte. Irgendwas. Aber er schwieg. Und als ich die Hände von meinem Gesicht nahm, war mir auch klar, warum. Er tippte in aller Seelenruhe auf seinem Handy herum. So ein Drecksack! Ich griff hinter mich. Dort lag auf der Küchenzeile eine Packung Paracetamol, die normalerweise in die Schublade darunter gehörte. Hatte sicherlich Luka dort liegenlassen. Ich nahm die Schachtel und schmiss sie gezielt und mit voller Wucht ganz knapp an Roberts Kopf vorbei.

»Interessiert dich alles nicht. Ist mir schon klar, du Vollspast!«

Das Schimpfwort am Ende kam nur noch ganz quietschend und kratzig aus mir heraus. Ich war von der ganzen Brüllerei regelrecht heiser.

»Hey!«

Das krächzte ich Robert hinterher, der die Frechheit besaß, sich umzudrehen und zu gehen.

»Beruhig dich erst mal.«

Dann schloss er seine Zimmertür und ich hörte, wie sich der Schlüssel im Schloss drehte. Fuck you! Das durfte doch alles nicht wahr sein. Irgendwo unter all meiner Wut war mir schon klar, dass ein Schneewittchenkleid auf keinen Fall rechtfertigte, dass ich das Zimmer in Schutt und Asche legte. Selbst wenn das Kleid bedeutete, dass ich es anziehen und als Schneewittchen verkleidet zu einer Kostüm-Party gehen sollte, war das kein Grund dafür, so dermaßen auszuflippen. Aber darum ging es hier auch nicht! Es ging darum, dass sie alle glaubten, sie könnten so mit mir umgehen. Es ging darum, dass sie mich vor vollendete Tatsachen stellten, mich nicht fragten, mir keine Wahl ließen. Es ging darum, dass ich das alles nicht mehr im Griff hatte. Ich fühlte mich wie ein in die Ecke getriebenes Tier. Bedrängt. Die kamen mir alle viel zu nah und das konnte ich nicht ertragen! Und noch viel weniger konnte ich ertragen, dass die ganze Situation Gedankengänge auslöste, die ich tunlichst vermeiden wollte. Der einzige Ausweg, der mir blieb, war blanke Wut. Ich polterte durch die Küche und durchs Wohnzimmer, trat wahllos an Möbel und knallte Schranktüren zu. Dank dem Teufel, der den Schnaps gemacht hat. Oder Rum. Völlig egal. Ich trat die halb leere Bierkiste beiseite, öffnete den Küchenschrank, und räumte Sirins Rotwein aus dem Weg. Bingo! Robert hatte die angebrochene Flasche Captain Morgan zurückgestellt. Kapitän Rotbart trank Captain Morgan. Wie passend. Jetzt nicht mehr! Die gehörte jetzt mir. Mit der Flasche in der Hand stapfte ich lautstark durch den Flur, schrie den Kater an, der im Badezimmer Zuflucht suchte, und riss in meinem Zimmer alles von Tischen und Regalen, was nicht niet-

und nagelfest war. Nach Luft schnappend stand ich in meinem Zimmer, drehte mich um mich selbst und wusste schlicht nicht, wohin mit mir, als meine Zimmertür sich langsam öffnete und Luka unaufgefordert den Raum betrat. Klitschnassgeregnet. Völlig außer Atem. Mit großen, fragenden Augen blickte er im Zimmer umher und legte dann den Kopf schief. Abwägend. Kalkulierend. Betont ruhig. Na, der kam mir gerade recht. Er und seine beschissene Gelassenheit!

»Du bist das großkotzigste, egoistischste Riesenarschloch, das ich je getroffen habe!«

»Snow White, ich ...«

»Oh nein. Jetzt rede ich, mein Freund. Ich habe es satt. Es reicht!«

Ich holte Luft, setzte an, die nächste Welle heißer Wut loszulassen, und stockte. Mit einer Hand umklammerte ich den Flaschenhals, die andere krallte ich in meine Haare. Mir schlug das Herz bis zum Hals, und Schlucken und Atmen taten genauso weh wie die Lippe, die zwischen meinen Zähnen klemmte. Ich wollte schreien, die Wände hochgehen, eine Hand voll Rasierklingen schlucken und kopfüber von einem Wolkenkratzer springen. Alles, nur nicht dieses Chaos in meinem Kopf, die Ohnmacht, nicht zu wissen, was zu tun war, um diesen Druck loszuwerden. Was, zum Henker, war los mit mir? Luka stand doch direkt vor mir. Jetzt war der Augenblick, in dem ich ihn zur Rede stellen und ihm alles an den Kopf knallen konnte, was ich innerhalb der letzten Monate nie ausgesprochen hatte. Jetzt war der Augenblick gekommen, um mich in Rage zu reden. Zu Recht, meiner Meinung nach. Jetzt war die Gelegenheit, dieser Teufelsbrut an den Hals zu springen. Jetzt! Aber ich war gefangen. Wie in diesen Alpträumen, in denen man versucht zu schreien, es aber einfach nicht ging. Egal wie sehr man sich anstrengte. Ich schnappte frustriert nach Luft und Luka legte den Kopf zur anderen Seite, zog verächtlich eine Augenbraue in die Höhe und verschränkte die Arme vor der Brust.

»Dass du die Nummer mit Lena versauen würdest, war mir von Anfang an klar. Kriegst tatsächlich keinen hoch, hm?«

The fuck? Ich starrte ihn mit offenem Mund an. Er zuckte lässig mit der Schulter.

»Das Kostüm hätte ich mir sparen können. Hält dich auch so jeder für meine Bitch. Bist halt doch echt 'ne Tussi.«

Innerhalb eines einzigen Wimpernschlages hatte ich meine Faust geballt und Luka einen Kinnhaken verpasst, der in meinen Knochen widerhallte. Erst denken, dann handeln war keine Option gewesen. Dann stand die Zeit still. Wie in Slowmotion kullerte ein tiefroter Blutstropfen von Lukas Lippe über sein Kinn und tropfte auf den Fußboden. Wir sahen uns schweigend an. Er wischte sich mit dem Ärmel übers Kinn und ich zitterte vor Entsetzen, dass ich mich so hatte provozieren lassen. Gottverfluchte Scheiße! Luka leckte sich mit der Zunge über die aufgeplatzte Lippe und kam einen Schritt auf mich zu, während ich wie versteinert dastand und nicht den leisesten Gedanken daran verschwendete, dass er zum Gegenschlag ausholen könnte. Tat er nicht. Stattdessen griff er zu der Flasche Captain Morgan, die ich nach wie vor umklammert hielt, und nahm sie mir aus der Hand.

»Die nehm ich mal mit. Das willst du doch eigentlich gar nicht.«

Dann drehte er sich um und ging. Und ich stand zitternd in meinem Zimmer und raffte nicht, was gerade geschehen war.

Ich saß inmitten meines Trümmerhaufens. Mit dem Rücken ans Bett gelehnt und den Knien bis unters Kinn gezogen. Mein Kopf war bis zum Rand mit Watte gefüllt. Jeder Gedanke war dumpf und kaum spürbar. Bis auf den einen, der stach wie tausend Nadelstiche. Ich musste hier ausziehen. Sofort. Ich konnte schließlich nicht hier herumwüten, Dinge kaputtschlagen, meine Mitbewohner beleidigen, Luka eine reinhauen und zwei Stunden später so tun, als sei nichts geschehen. Mir war doch echt nicht mehr zu helfen. Seufzend kniff ich die Augen zu und lauschte dem leisen Treiben draußen vor meiner Tür. Klirren und Klappern. Das war Luka, der aufräumte.

Mir hinterherräumte. Mein Chaos beseitigte, die Fassade wieder in Ordnung brachte. Und ich verstand nicht wieso. Er war doch wirklich der Letzte, der sich mit meinem Mist beschäftigen musste. Eine Weile dachte ich darüber nach, es ihm nachzutun und hier in meinem Zimmer für Ordnung zu sorgen. Aber ich konnte nicht. Ich war wie eingefroren und angewurzelt. Starrte schlicht vor mich hin und beschäftigte meinen Kopf, indem ich die Sekunden zählte. Bis ich nicht mehr wusste, welche Zahlen folgten. Danach saß ich da und starrte die Wand an.

Am späten Nachmittag beruhigte sich der Regen. Heller wurde es vor meinem Fenster aber trotzdem nicht. Geschweige denn innerhalb meiner vier Wände. Ich überlegte, ob ich die Nachttischlampe anknipsen oder warten sollte, bis die Straßenlaternen angingen und ein schummeriges, gelbes Licht durchs Fenster warfen. Entscheiden konnte ich mich nicht. Weder für das eine, noch für das andere. Von draußen hörte ich gelegentlich Schritte und leise Stimmen. Sirin. Robert. Vielleicht war sogar Karla kurz heimgekommen. Wer wusste das schon? Und wiederum einige Stunden später war, außer meinem eigenen Atem, kein einziges Geräusch mehr zu hören. Ich hasste diese Totenstille. Ruhe vor dem Sturm oder abstrafendes Schweigen? Ich zuckte mir selbst gegenüber mit den Schultern und erschrak zu Tode, als ich ein leises Klopfen an meiner Tür hörte. Luka trat ein, ging an mir vorbei und knipste die kleine Lampe neben meinem Bett an. Eine Entscheidung weniger, die ich treffen musste. Er ging neben mir in die Hocke und sah mich an. Seine Lippe war geschwollen, das Kinn bläulich. Vielleicht auch rot. Aber es wirkte im schummerigen Licht dunkler.

»Geht es dir jetzt besser, da erstmal alles raus ist?«

Ob es mir besser ging? Keine Beschimpfungen? Keine Rachedrohungen? Kein Rausschmiss? Er wollte wissen, ob ich okay war?

»Was ich gesagt habe, war übrigens großer Bockmist und nicht so gemeint. Ich hatte nur das Gefühl, du müsstest mal ordentlich Dampf ablassen.«

Er grinste schief, stand auf und lehnte sich an meinen Schreibtisch. Das kriegte ich im Leben nicht auf die Kette. War das sein Ernst? Er steckte einen Fausthieb von mir ein, damit ich mich abreagieren konnte? Konnte ich mich bitte einfach in Luft auflösen? Ich ließ die Stirn auf meine Knie sinken und wedelte orientierungslos mit einer Hand herum.

»Kannst du bitte gehen?«

»Kannst du die Finger vom Alkohol lassen?«

»Nein.«

»Siehst du. Von mir kriegst du dieselbe Antwort. Nein. Ich kann noch nicht gehen. Aber ich kann, was den Alkohol betrifft, deiner Schwester gegenüber die Klappe halten.«

Ich stöhnte leise vor mich hin. Jessica! War ja klar, dass sie irgendwen in dieser WG darum gebeten hatte, darauf zu achten, dass ich die Finger von den Drogen ließ. Ich hätte es mir denken sollen. Aber warum musste es ausgerechnet Luka sein? Ich schielte nach oben und sah, wie er die Arme vor der Brust verschränkte, durchatmete und mit der Zunge über den Riss in seiner Lippe fuhr.

»Jetzt hör mir mal zu, Schneewittchen.«

Ich schüttelte vehement den Kopf.

»Bitte nicht. Bitte geh einfach.«

Er seufzte.

»Snow White ...«

»Was willst du von mir, Luka? Warum diese kryptischen Hinweise? Warum diese ganzen verkappten Ratschläge? Warum immer nachts? Und sofort? Warum nicht morgen oder übermorgen? Oder noch besser: Warum wartest du nicht einfach auf den nächsten Idioten, der hier einzieht, und treibst deine Spielchen mit ihm? Warum?«

Luka starrte mich aus glitzernden Augen an. Zwischen uns herrschte Totenstille, und ich sah, dass er mehrmals ansetzte, etwas zu sagen. Doch dann drehte er sich um und ging zur Tür. Den Rücken mir zugewandt, drückte er die Türklinke hinunter.

»Weil du hier bist. Weil du Hilfe brauchst. Weil es das ist, was ich für dich tun kann. Und zwar jetzt und sofort, weil ich diese Zeit in der Zukunft, von der du da redest, in meinem Leben nicht mehr habe. Weil für mich der

Countdown läuft, Matthew.«

Matthew. Nicht Schneewittchen. Mein Name aus seinem Mund klang wie zerberstendes Glas. Während mir das Blut in den Adern gefror, schloss Luka leise die Tür hinter sich und ließ mich allein.

4

Eine Woche lang sprachen wir kein Wort miteinander. Ich ging ihm aus dem Weg, und ich glaubte, er mir ebenso. Er wusste genau, dass er das tat, was ich zutiefst hasste. Er hatte über meinen Kopf hinweg entschieden und mir Wahrheiten offenbart, von denen er wusste, dass ich sie weder hören wollte, noch mit ihnen umgehen konnte. Warum er das tat? Zum ersten Mal in meinem Leben lautete die Antwort nicht: Weil das Universum ein Steinbruch war. Sondern: Weil er wusste, dass ich es ihm verzeihen würde. Ich hasste, dass er Recht hatte.

Das Mondlicht fiel auf meinen Schreibtisch. Und auf die dunkle Gestalt, die im Schneidersitz darauf saß. Ich rieb mir die Augen und schielte auf mein Handy. Fast halb vier.

»Wirst du mich vermissen?«

Luka zuckte mit den Schultern und atmete tief durch.

»Nicht so doll wie Ethan und Jake. Aber vielleicht ein bisschen?«

Ich hasste ihn. Gelogen. Ich hasste alles und jeden auf dieser Welt. Luka hasste ich nicht. Eine ganze Weile sagte keiner von uns beiden ein Wort. Was sollte ich auch sagen? Was wollte er von mir hören? Im Endeffekt umschiffte ich das Problem.

»Ich bin nicht, was du denkst, Luka.«

»Du willst nicht sein, wer du bist. Das ist ein Unterschied.«

Ich seufzte. Natürlich wollte ich nicht sein, wer ich war. Wer wollte das schon? Das war aber nicht der Punkt. Ich setzte mich aufrecht hin und versuchte mit den Händen den Wust auf meinem Kopf zu bändigen.

»Du versuchst, mir eine Rolle zuzuschreiben, die ich unmöglich ausfüllen kann.«

»Du bist der Einzige, der auf die Rolle passt.«

»Blödsinn. Ich bin der Einzige, der dir nicht nahe steht. Ich soll abfangen, was andere nicht aushalten können.«

»Da irrst du dich.«

»Belüg dich doch nicht selbst.«

»Mein Adressbuch ist leerer als deins, Snow White.«

Beinahe hätte ich ihm an den Kopf geknallt, dass mich das kein bisschen wunderte, und biss mir erst in letzter Sekunde auf die Zunge. Was zum Teufel machte ich hier? Luka gehörte nicht hierher. Er sollte nach Hause gehen. Oder zum Arzt oder in Therapie oder was weiß ich nicht alles. Aber er sollte nicht hier an meinem Bett sitzen und so tun, als ob ich derjenige war, der ... Ja. Der was? Der

Hilfe brauchte? In was war ich hier schon wieder reingerutscht, ohne es zu merken?

»Es geht nicht um mich. Da gibt es niemanden, den ich schützen will. Du nimmst niemandes Platz ein. Und vor allem: Ich weiß, was ich mache.«

Ich seufzte und schwieg. Eine ganze Weile lang. Dann seufzte ich wieder.

»Du nennst mich Schneewittchen.«

Die Frage nach dem Warum hatte ich aufgegeben. Insofern war das hier eine schlichte Feststellung, die keiner Antwort bedurfte. Luka schwieg. Und noch während ich die letzten Worte aussprach, fiel es mir wie Schuppen von den Augen. Ich schnappte nach Luft. So langsam verstand ich den Subtext, der in dieser Betitelung lag.

»Die Haut ist weiß wie Schnee, die Lippen rot wie Blut und das Haar so schwarz wie Ebenholz.«

Dass ich auch diese Worte laut ausgesprochen hatte, merkte ich, als der Schatten vor mir nickte. Also fuhr ich mit meiner Überlegung fort.

»Ein Zufall, der dir in die Hände gespielt hat. Aber es hat rein gar nichts mit meinem Aussehen zu tun.«

Luka zog die Knie unters Kinn und rutschte ein Stück weiter ins Mondlicht. Möglicherweise war es das Spiel aus kaltem Licht und flackernden Schatten, möglicherweise waren die Ringe unter seinen Augen echt. Wie konnte ich nur so unsagbar dumm sein? Er schüttelte den Kopf, als Bestätigung für meine letzte Feststellung.

Stille. Kein Kettenrasseln. Nichts. Mir war grottenschlecht. Mein Magen drehte sich um mindestens hundertachtzig Grad. Eigentlich waren mir solche Sentimentalitäten zuwider. Trotzdem kam ich nicht umhin, daran zu denken, dass es genau das sein würde, was blieb. Das war es immer. Wie bei Ethan und Jake. Kein Piepsen einer Nachricht, kein Kettenrasseln. Nichts. Nur diese unerträgliche Stille. Ich schluckte nochmals hart. Aber als ich danach trotzdem noch keinen Ton rausbekam, rückte ich zur Seite und klopfte auf die Bettdecke neben mir. Zu meiner Überraschung zögerte Luka nicht einen Moment. Er ließ sich langsam von der Tischkante gleiten und setzte sich neben mich.

»Sprich weiter.«

Alles in mir sträubte sich dagegen. Alles. Luka stieß mir mit seinem Ellenbogen in die Seite.

»Wach endlich auf, Schneewittchen. Oder muss ich dich wirklich nochmal küssen?«

Wahrscheinlich war der Ausdruck in meinem Gesicht das blanke Entsetzen. Luka lachte dieses unverkennbar kehlige Lachen, von dem man nicht genau sagen konnte, ob es besser dazu geeignet war, Tote zu erwecken oder Frauen zu verführen. Oder Männer. Definitiv auch Männer. Er brach damit jedenfalls das Eis. Und ich erwischte mich dabei, dass ich innerlich betete, diese verständige Ruhe zwischen uns möge bitte nicht allein der späten Stunde geschuldet sein. Luka flüsterte in die Stille hinein.

»Ich weiß, was du denkst.«

»Na klar, Mister Know-it-all. Und wieso bist du dir da so sicher?«

»Weil ich mir mehr Gedanken über all das hier gemacht habe, als du mir jemals zugestehen wirst.«

Bastard. Natürlich nicht. Das war das simple Prinzip der Verdrängung. Das konnte ich. Darin war ich sogar richtig super. Dann lehnte Luka sich an meine Schulter und zuckte mit den Achseln.

»Okay, pass auf. Ich gebe zu, dass ich nicht ganz so hellseherisch veranlagt bin, wie es von außen betrachtet erscheinen mag. Eher gar nicht. Die Wahrheit ist: Ich habe deinen Chatverlauf gelesen.«

Klar. Hätte ich mir denken sollen.

»Warum chattet jemand, der hier nicht wirklich Anschluss gefunden hat, nie über Skype mit Freunden daheim? Warum bleiben deine Nachrichten seit Monaten unbeantwortet? Warum diese Eiseskälte, wenn man dir näher tritt als eine bloß flüchtige Bekanntschaft? Das hast du alles nicht gerade geschickt gelöst, Snow White. Sowas macht neugierig. Und die Tatsache, dass in deinem Handy außer dieser WG und deiner Schwester nur zwei weitere Personen gespeichert sind, die Personen, die nie antworten, spricht Bände, Honey.«

»Wer bist du? Der neue Sherlock Holmes?«

Ich knurrte ihm die Frage entgegen, wohl wissend, dass er nicht darauf eingehen oder sich gar einschüchtern lassen würde. Er lachte und ich knurrte weiter.

»Und dann was? Dann hast du klammheimlich beschlossen, meinen Therapeuten zu spielen, und mich zu einem besseren Menschen zu machen?«

Ich verstellte mokant meine Stimme und rollte mit den Augen.

»Oh Matthew, armes Schneewittchen. Wach auf und lächle. Die dunklen Zeiten sind vorbei.«

Luka zog eine Augenbraue hoch.

»Nein. Dann habe ich deine Schwester gefragt, was passiert ist.«

Fuck! Die Katze war also aus dem Sack. Wir befanden uns nicht mehr in der Der-arme-Matt-hat-keine-Freunde-Diskussion, sondern in der Ich-weiß-dass-Ethan-und-Jake-nicht-mehr-leben-Diskussion. Ich wünschte meiner verdammten Schwester die Pest an den Hals. Ich hasste, dass Luka mich so durchschaute. Dass er wusste, warum ich auf meine Nachrichten niemals Antworten bekam. Viel mehr noch hasste ich, dass er wusste, warum ich trotzdem die Nummern nicht löschte. Warum ich Nachrichten schrieb, die ich postwendend zurückerhielt. Die Nummer ist vorübergehend nicht erreichbar. Minus vorübergehend. Die Nummern waren nie wieder erreichbar. Ende. Ohne es zu merken, war ich wieder in diesen Gedankenstrudel geraten, in dem ich mich nicht entscheiden konnte, ob es Glück oder Pech war, an jenem Abend nicht dabei gewesen zu sein. Doch Luka riss mich abrupt aus meinen stillen Überlegungen. Seine nächsten Sätze fühlten sich an wie gefrorenes Feuer. Unwirklich. Schreiend scharf und betäubend zugleich.

»Sie kommen nicht zurück.«

Ich schluckte schwer und nickte, Luka sprach weiter.

»Genau wie ich. Ich werde auch nicht zurückkommen.«

Wut kochte in mir hoch. Wut war gut. Mit Wut konnte ich umgehen. Er tanzte diesen beschissenen Drahtseiltanz. Was genau versuchte Luka hier? Wollte er mir helfen? Wollte er mir sagen, dass es langsam Zeit dafür wurde, dass ich geradeaus ging, anstatt in Kreisen? Wollte er in die Rolle des besten Kumpels schlüpfen? Oder brauchte eigentlich er jemanden, an dem er sich festhalten konnte, und versuchte deshalb, mir diese Aufgabe unterzujubeln? Auch wenn er es vehement abstritt. Ich hatte genug. Ich wollte mich mit diesem ganzen, kranken Scheiß nicht auseinandersetzen. Heute nicht. Morgen nicht. Nie. Das war doch der ganze Sinn dieser Reise. Rauskommen. Neue Dinge sehen. Alte Dinge vergessen. Mein innerer Psycho-Doc lachte sich schlapp. Nein. Das war ganz und gar nicht der Sinn. Das war lediglich das, was ich in meiner Not daraus gemacht hatte. Ich hätte mich ohrfeigen können. Natürlich klappte das nicht. Bei mir klappte nie irgendetwas so, wie es sollte. Vor mir drehte sich alles, und ich zitterte vor Anspannung und Frustration. Luka legte ganz beiläufig einen Arm um meine Schulter.

»Ich erzähle dir jetzt ein paar Dinge über dich selbst.«

»Nein!«

»Warum? Hast du Angst, dass sie wahr sein könnten?«

»Shut up!«

»Keine Widerrede. Wir haben nicht ewig Zeit.«

Da war sie schon. Die Wahrheit Nummer Eins. Aber ich schwieg. Luka nicht.

»Der Affentanz um neue Freundschaften, dieses beharrliche Misstrauen, die Tatsache, dass du nichts isst, wenn du dich fehl am Platz fühlst oder nervös bist, und deine ständig blutiggekauten Lippen. Das sind Artefakthandlungen. Stressbewältigung. Überbleibsel aus einer längst vergangenen Zeit. Letzteres ist nur geraten, aber das Knirschen deiner Zähne spricht Bände.«

Warum geriet ich immer wieder an die Hobby-Psychologen?

»Dein Abstinenzverhalten bedeutet Kontrolle. Keine Zigaretten. Keine Drogen. Kein Alkohol. Löblich. Vor allem, wenn man zwischen einem Kiffer und einem chronischen Schmerzpatienten wohnt. Auch hier kann ich nur raten, denn deine Schwester hat mir weniger erzählt, als du befürchtest. Wieder tippe ich auf längst vergangene Zeiten, und ziehe meinen Hut vor dem Teil dieser Angelegenheit, der deine eiserne Willensstärke beweist.«

Ich lachte bitter und schnaubte. Luka kratzte nur an der Oberfläche, aber das reichte schon vollkommen.

»Die Adressenliste in deinem Handy. Erstaunlich, wie

manche Leute die Fakten vor Augen haben, und doch die falschen Schlüsse ziehen.«

Na, jetzt war ich aber gespannt, Herr Siegmund Freud, der Jüngere.

»Die Einen denken, du bist ein arrogantes, unterkühltes Arschloch ohne Freunde.«

Schon klar.

»Die Anderen denken, du bist total introvertiert, traust dich nicht raus, kannst nicht gut mit Menschen umgehen, und bist deshalb ziemlich einsam.«

Ach? War das so? Erstaunlich.

»Ich persönlich glaube, beides ist Bullshit.«

Oha. Da war ich aber gespannt wie ein Regenschirm. Mit welchen abgefahrenen Theorien kam der blassblaue Kettenrassler denn jetzt um die Ecke?

»Ich glaube, du siehst mehr, als du zugibst. Ich glaube, der wirklich empathische Menschenversteher von uns beiden, bist du. Und ich glaube auch, du triffst auf dieser Basis knallharte Entscheidungen. Du siebst aus. Der WG-Chat zählt nicht. Der ist reine Notwendigkeit. Aber die Personen, die es in diese Liste schaffen, mit denen würdest du durchs Feuer gehen.«

Gewagte These.

»Deine Schwester. Ihr vertraust du. Sie ist immer da, aber sie erdrückt dich nicht.«

Wahr. Gut erkannt. Kurzzeitig war ich beeindruckt. Dann wurde mir klar, dass er mich schon wieder rotzfrech austrickste. Er verpackte seine Unverschämtheiten so geschickt in nette Worte, dass einem beinahe entging, was tatsächlich Sache war. Unheimlich dreist! Ich hätte toben und mich aufregen können. Stattdessen kaute ich auf meiner Lippe und lieferte ihm damit den Beweis für zumindest eine seiner Theorien.

»Du hast wirklich jede einzelne, beschissene Nachricht gelesen, oder?«

»Sorry.«

»Ach, hör doch auf! Wenn es dir leidtäte, säßen wir jetzt nicht hier.«

»Hast Recht. Das sind übrigens hübsche Spitznamen, die du uns da gegeben hast. Kettenschlumpf gefällt mir.«

Er lachte kehlig und ich verdrehte die Augen.

»Du bist unausstehlich.«

»Ich weiß.«

»Na, hoffentlich.«

»Trotzdem hast du seit ein paar Tagen meinen Namen in deinem Adressbuch gespeichert. Nicht unter Alcatraz. Nicht unter Kettenschlumpf. Sondern unter Luka.«

Scheiße!

Wir hatten eine Abmachung getroffen. Luka und ich. Falsch. Ich hatte Forderungen gestellt, und er hat sie einfach abgesegnet, ohne zu diskutieren. Warum? Wussten wir beide. Wenn man starb, hatte man für so eine

Kinderkacke keine Zeit. Ich wollte nicht wissen, was er hatte. Ich wollte keine Arztberichte, keine Symptombeschreibungen, keine Details. Ich wollte vor allem keinen Countdown. Er auch nicht. Ich hatte mich dem feige entzogen. Ihm blieb keine andere Wahl.

LUKA & DU

Er gehört mir. Der Kater. (02:10)

No Shit?! So langsam wundert mich gar nichts mehr. (02:12)

Wissen die anderen Bescheid? (02:12)

Über mich oder über den Kater? (02:13)

Beides. (02:14)

Über mich, ja. Über den Kater, nein. Aber Sirin ahnt es. Deshalb duldet sie ihn. (02:14)

Wer hat ihn die ganze Zeit gefüttert? (02:15)

Na, ich. (02:15)

Ach. Und warum sitzt er jetzt schon wieder vor meiner Tür und jammert? (02:16)

Du bist ein Idiot. (02:17)

? (02:17)

Er sitzt nicht vor deiner Tür, sondern vor meiner. (02:18)

Macht keinen Unterschied. Warum jammert er? (02:18)

Er hat Hunger. (02:19)

Warum gibst du ihm nicht einfach Futter? Und warum führen wir diese Unterhaltung hier? (02:20)

Ich kann gerade nicht aufstehen. (02:21)

Okay. (02:21)

Ich atmete tief durch, stand auf und fütterte Kater Nein.

Ich starrte mich im Spiegel an und konnte kaum glauben, was ich da tat. Noch viel lächerlicher als die Sache selbst war der Nebeneffekt, dass ich Sirin plötzlich zwei rote Lippenstifte schuldete. Den einen, weil Luka ihn ruiniert hatte, um mir zu helfen. Nicht, dass es noch tausend andere und nicht ganz so skurrile Methoden gegeben hätte, mir die Matheergebnisse zukommen zu lassen, die, nebenbei bemerkt, allesamt korrekt waren. Den anderen Lippenstift schuldete ich ihr, weil ich ihn gerade benutzt hatte. Obwohl ich wusste, dass Sirin ihn jetzt verbrennen musste, da meine Spucke daran klebte.

Eines war ja mal klar. Man sollte im Leben niemals nie sagen. Never. Ever. Ein Prinzessinenkleid tragen. Nylonstrümpfe von einer Mitbewohnerin leihen. Einen Lockenstab benutzen. Künstliche Wimpern ankleben. Alles Dinge, von denen ich niemals gedacht hatte, sie jemals zu tun. Und nun stand ich hier vor dem Badezimmerspiegel und befreite meine Schneidezähne von roten Schlieren. Unglaublich. Wenn ich nicht das geilste Schneewittchen auf dieser gottverdammten Party war, dann sollte mich der Teufel holen! Es klopfte leise an der Badezimmertür.

»Ist offen.«

Sirin streckte den Kopf durch den Türspalt und grinste.

»Kommst du klar?«

»Denke schon.«

»Ist das mein Lippenstift?«

»Ich kauf dir zwei Neue.«

Sie zuckte mit den Schultern, trat ein und schloss die Tür hinter sich.

»Schon okay.«

Zwischen Sirin und mir herrschte seit meinem Wutausbruch eine merkwürdige Stimmung. Selbstverständlich hatte ich mich entschuldigt. Tausendmal. Auf Knien und mit Beteuerungen, dass so etwas nie wieder vorkommen würde. Mein schlechtes Gewissen würde mich vermutlich in hundert Jahren noch verfolgen. Sie hingegen war seither erstaunlich gelassen. Wo lag der Unterschied zwischen Lippenstift Nummer Eins und Lippenstift Nummer

Zwei? Das konnte verstehen, wer wollte. Ich tat es nicht. Meine einzige Vermutung war, dass Sirin das Schweigen nicht hatte aushalten können. Jetzt, da sie wusste, dass Luka mir die Wahrheit gesagt hatte, ging es ihr besser. Das war möglich. Genau wusste ich es aber nicht. Und es entschuldigte natürlich auch nicht mein vorheriges Verhalten. Unser Umgang miteinander war ruhig und auf eine unterschwellige Art und Weise von gegenseitigem Verständnis getragen. Woher das auch immer kommen mochte. Ich war froh, dass sich die Situation in diese Richtung entwickelt hatte, anstatt in die des eiskalten Schweigens. Sirin knöpfte mir das Kleid zu und fummelte anschließend an meinen Locken herum.

»Weiß Luka schon, dass du doch mitgehst?«

»Nein.«

Sie sah mich schief an und machte große Augen.

»Warum? Hast du Angst, dass er jetzt nicht mehr will?«

Ich zuckte mit den Schultern. Nach dem ganzen Theater, das diese Party ausgelöst hatte, hielt ich das nicht für ausgeschlossen.

»Weiß nicht. Vielleicht. Ein bisschen.«

Sirin zog den Stecker des Lockenstabs aus der Steckdose und wischte mir anschließend mit einem Taschentuch Flecken des Kajalstifts aus den Augenwinkeln.

»Ach Quatsch! Der kommt schon mit.«

Sie schaute auf die Saugnapfuhr hinterm Waschbecken.

»Karla ist in einer Stunde da.«

Dann warf sie das Taschentuch in den Müll, hielt mich auf Armeslänge fest und betrachtete mich schmunzelnd.

»Na los, Schneewittchen! Hol dir den Traumprinzen!«

»Fang ja nicht an, frech zu werden.«

Sie lachte und streckte mir die Zunge raus.

»Dann schlüpf ich jetzt auch mal in mein Kostüm. Wir sehen uns in einer Stunde im Wohnzimmer.«

Sie ging und ich atmete tief durch. Warum war ich so nervös? Sicherlich nicht, weil ich dachte, dass Luka jetzt einen Rückzieher machen würde. Nein. Das war ganz und gar nicht seine Art. Vielmehr war ich mir unsicher, als was er meine Entscheidung auffassen würde. Mitleid? Kein Mensch wollte Mitleid. Und Luka schon gar nicht. Außerdem war das auch nicht die Wahrheit. Ich hatte Angst. Ganz egoistisch. Ich hatte Angst, dass ich alles versaute. Schon wieder. Ich hatte Angst, dass Luka keinen Bock mehr auf meine ständigen Aufs und Abs hatte. Als ich die Badezimmertür öffnete, hörte ich das E-Piano. Seit Tagen spielte er die Titelmelodie aus dem Halloween Movie. Wie immer, konnte man nicht genau sagen, ob er sie spielte, weil ihm die Angelegenheit irgendwie wichtig war und er sich so auf die letzten Tage im Oktober einstimmte, oder ob er uns anderen nur auf die Nerven gehen wollte. Noch vor wenigen Wochen hätte ich stur und fest Letzteres behauptet. Heute tendierte ich zur anderen Seite. Luka tat selten Dinge ohne Grund. Beispielsweise hörte ich ihn nie *Lalelu – Nur der Mann im*

Mond schaut zu spielen. Nie. Außer, wenn ich unruhig war und deshalb nicht schlafen konnte. Vermutlich griff er Stimmungen auf, die in der Luft lagen. Oder er hörte mich in meinem Zimmer auf- und abgehen. Wie auch immer. Es war ein bisschen spooky. Ich stand vor seinem Zimmer und drückte die Türklinke hinunter. Wenn er spielte, reagierte er sowieso nicht aufs Klopfen.

»Komm rein. Setz dich.«

Er hatte keine Ahnung, wen er da hineinbat, denn er saß mit dem Rücken zur Tür. Ich setzte mich in den Sessel in der Ecke und wartete. So lange, bis er die letzten Töne gespielt hatte, sich umdrehte und mich mit großen Augen anstarrte. Ich starrte zurück.

»Gehen wir jetzt auf diese scheiß Party, oder was?«

Ich sah diese kleinen, fiesen Fältchen um seine Augen herum und das Zucken seiner Mundwinkel, und drohte ihm mit dem Zeigefinger.

»Wenn du jetzt lachst, zieh ich das verdammte Ding gleich wieder aus!«

»Du fluchst verdammt oft in der verdammten letzten Zeit. Was ist verdammt nochmal los mit dir? Außerdem lache ich nicht. Ich weiß nur nicht genau, wie ich dir sagen soll, wie hübsch du bist, Schneewittchen.«

»Ach! Halt doch deine verdammte Klappe!«

Luka, der heute mehr Ketten als Kleidungsstücke trug, drehte sich rasselnd um, haute dramatisch auf die Klaviatur und klatschte in die Hände.

»Natürlich gehen wir auf die Party!«

Während er zwischen seinem Zimmer und dem Bad hin- und herfegte, setzte ich mich ans Klavier und spielte den Halloween Soundtrack in Dauerschleife. Bei offener Tür. Natürlich nicht so gut wie er. Aber man erkannte es. Und scheinbar weckte der Song auch Tote. Denn nach zehn Minuten kam Robert über den Flur gestapft, sah mich am Klavier sitzen und stöhnte.

»Ihr habt echt 'ne Vollmeise. Ihr beide!«

Ich sah über meine Schulter und grinste.

»Und du hast ein gutes Kostüm, Kapitän Rotbart, der Zweite. Aber wo ist dein Partner? Es heißt doch Märchen-Pärchen.«

Er lehnte seinen Säbel gegen den Türrahmen, nahm den Dreispitz vom Kopf und griff hinein. Aus dem Hut heraus holte er einen alten, angeranzten Stoffpapagei und setzte ihn auf seine Schulter. Das erklärte den aufgenähten Klettverschluss.

»Das ist Cora.«

Aha. Jetzt machte auch die damalige Unterhaltung mit Sirin im WG-Chat plötzlich Sinn. Robert wurde von Luka beiseitegeschoben, der durchs Zimmer ging, vor mir stehen blieb und auf seine Wange deutete.

»Da hin, bitte.«

»What?«

»Der Schneewittchenkuss. Dort hin.«

Ich spielte einen schiefen Akkord und nahm die Finger von den Tasten.

»Auf gar keinen Fall!«

Luka verdrehte die Augen.

»Natürlich! Das gehört zum Kostüm!«

»Du kannst mich mal! Kostüm! Dass ich nicht lache!«

Robert hob im Hintergrund abwehrend die Hände in die Luft und ging nörgelnd rückwärts.

»Oh Gott. Es fängt schon wieder an. Wie ein altes Ehepaar, aber echt! Ich geh dann mal.«

Kapitän Rotbart zog die Zimmertür hinter sich zu. Stille. Nur in meinem Kopf spielte immer noch die Halloween-Musik und wurde von Sekunde zu Sekunde dramatischer, während Luka mich anstarrte. Seufzend zog er seinen Schreibtischstuhl heran, setzte sich verkehrt herum darauf und verschränkte die Arme über der Lehne. Meine Güte, sah Luka lächerlich aus. Weiße Puffärmel. Rotes Cape. Am schlimmsten war die 50er-Jahre-Tolle, die er sich zurecht geföhnt und mit farbigem Haarspray schwarz gesprüht hatte. Auch ein Gedanke, von dem ich niemals geglaubt hatte, dass er mir irgendwann einmal durch den Kopf gehen würde: In Blassblau und zerzaust war Luka mir lieber. Er musterte mich, während ich krampfhaft versuchte, nicht zu lachen.

»Du weißt, warum ich dich in dieses Kleid zwinge, oder?«

Dahin schwand meine Heiterkeit. Natürlich. Mittlerweile verstand ich so einiges, was hier ablief. Auch das Schneewittchenkleid. Thank you very much. Das hieß aber noch lange nicht, dass ich damit einverstanden war. Prinz Charming lehnte sich nach vorne und zog die Augenbrauen hoch. Diese Geste verstand ich mittlerweile auch. Ich sollte weiterreden. Ich wollte nicht weiterreden! Ich war eher der Typ, der alles in sich hineinfraß und nach außen hin grantig wirkte. Das war viel einfacher. Ich knirschte mit den Zähnen und kaute auf meiner Unterlippe.

»Lass das! Dein Lippenstift verschmiert.«

Ich wollte mir die Haare raufen! Aber wenn ich das tat, hatte ich gleich zwei Mitbewohner am Hals, die sich lautstark aufregen würden. Luka, dessen Schneewittchen ich ruinierte. Und Sirin, die mir die Locken zurechtgerückt hatte. Ich setzte mich also auf meine Hände und stieß einen frustrierten Laut aus.

»Dann verlang du nicht immer Dinge von mir, die ich nicht kann!«

»Du kannst schon. Du willst nur nicht.«

So ein verdammter Klugscheißer! Ich drehte mich tonlos rum und spielte Klavier. Das konnte ich wenigstens ein bisschen, auch wenn mir die Gitarre lieber war. Da machte ich nicht so viele Fehler. Diesmal spielte ich nicht das Halloween-Thema. Ich lenkte mich selbst in sicherere Fahrwasser, indem ich Songs spielte, die ich seit Jahren kannte und deshalb sogar im Schlaf auswendig wusste. Schon klar. Das war mal wieder eine meiner feigen Ausflüchte. Die niemals funktionierten, wie ich hätte wissen sollen. Aber ich konnte nicht aus meiner Haut. Luka stand auf, rutschte neben mich auf die Klavierbank und begann mit der rechten Hand eine Oberstimme zu improvisieren. Er gab mir Zeit zum Nachdenken. Zum Wortesammeln. Eventuell auch Zeit, um mehrmals anzusetzen, wenn ich merkte, dass die Argumentation, die in meinem Kopf Sinn machte, in Stücke zerbrach, sobald sie meinen Mund verließ. Es folgte Stille, was unsere Unterhaltung betraf. Ich ließ Luka warten und er wartete, obwohl wir beide wussten, dass ich ohne seine Impulse nicht über den Berg kommen würde. Nach einiger Zeit lehnte er sich gegen meine Schulter und flüsterte in die Melodie hinein.

»Talk to me, Snow White.«

Ein weiteres Zeichen dafür, dass Luka auf Samtpfoten unterwegs war, um mich nicht zu verschrecken. Englisch. Ich seufzte. Dann nahm ich die Finger von den Tasten und ließ Luka alleine weiterspielen.

»Natürlich weiß ich, was du damit bezwecken willst. Das muss ich dir doch nicht extra vorkauen.«

»Doch. Weil es für dich erst existiert, wenn es laut ausgesprochen wurde. Weil du dich mit der Sache auseinandersetzen musst. Du. Nicht ich.«

Ich warf abwehrend die Arme in die Luft.

»Okay! Okay, wie du willst! Ich weiß zwar nicht, worauf

du deine Annahmen stützt, und ich weiß auch nicht, welcher Psychologie-Crashkurs dich dazu berechtigt, mit mir hier eine Schocktherapie durchzuführen. Aber okay. Immer so, wie du willst! Ich habe verstanden, dass du der Ansicht bist, dass ich aus meiner Komfortzone herauskommen muss. Du willst mich in Situationen schmeißen, mit denen ich früher oder später klarkommen muss. Mit oder ohne deine Unterstützung. Es geht nicht um das verdammte Kleid. Es geht darum, dass ich mich darin unwohl fühle. Dass ich lieber in einem dunklen, staubigen Loch verrotten würde, als mich den Blicken und Kommentaren anderer Leute auszusetzen. Und letztlich geht es darum, mich mit dem Grund dafür auseinanderzusetzen, aus welchem ich mich überhaupt so eingeigelt und beschlossen habe, nichts und niemanden an mich heranzulassen.«

Einsicht. Verpackt in vorwurfsvolle Worte. Simpler Schutzmechanismus. Luka war der Letzte, den meine gesamte Lage interessieren musste. Er hatte mit meiner Vergangenheit nichts zu tun. Er musste nichts verstehen. Weder, was alles passiert war, noch was seither in meinem Kopf geschah. Und trotzdem saß er neben mir und schluckte schweigend die unterschwelligen Vorwürfe, die einzig und allein meiner Frustration geschuldet waren. Er spielte ganz ruhig auf dem Klavier und flüsterte, wie schon vor meinem Redeschwall, leise in die Musik hinein.

»Ich werde mich dafür nicht entschuldigen.«

Diesmal raufte ich mir doch die Haare. Zur Hölle mit der Schneewittchenfrisur!

»Das sollst du ja auch gar nicht! Ich will doch nur ... Ich ... Ach! Ich weiß doch auch nicht, was ich will!«

Drama war mein zweiter Vorname. Ich warf erneut die Hände in die Luft, dann drückte ich ihm kurz meine Lippen auf die Wange und starrte ihn böse an.

»Glaub ja nicht, dass ich nicht weiß, dass es hier überhaupt nicht um den Kuss geht! Es geht darum, dass du nachher auf der Party jedem auf die Nase binden kannst, dass der Lippenstift auf deiner Wange meiner ist.«

Luka grinste frech und ich überlegte kurz.

»Der Kuss, den du mir auf der Einführungsveranstaltung gegeben hast. Da ging es ums Selbe. Richtig?«

Er schielte mich aus dem Augenwinkel an und verzog das Gesicht.

»Nah. Da wusste ich das alles ja noch nicht. Damals wollte ich einfach deine Grenzen testen.«

Ich verpasste ihm mit meiner Rechten einen leichten Schlag von hinten an seine steinhartgesprühte Prinz-Charming-Frisur.

»Jesus fucking Christ! Du bist echt zum Kotzen!«

»Ich weiß.«

War er nicht. Das sagte ich nur so. Was sollte ich auch sonst sagen? Er war schon ein gerissener Bastard. Luka stand auf, kramte in seiner Schreibtischschublade eine

Packung Paracetamol hervor und schluckte eine Tablette. Dann sah er auf die Uhr.

»Na, komm. Lass uns gehen. Und, Snow White? Gut, dass wir diese Unterhaltung schon jetzt geführt haben.«

What? Warum? Wollte ich wissen, warum? Das hinterhältige Funkeln in seinen Augen verhieß nichts Gutes. In Erwartung einer Erklärung zog ich eine Augenbraue in die Höhe und er sprang darauf an.

»Du wirst natürlich nachher mit mir tanzen müssen.«

Unglaublich, wie selbstverständlich diese abstrusen Worte aus seinem Mund klangen.

»Auf gar keinen Fall!«

»Wir werden sehen.«

Er lief über den Gang in Richtung Wohnzimmer und ich folgte ihm quengelnd auf Schritt und Tritt.

»Auf gar keinen Fall, Luka! Niemals! Nicht! Und unter keinen Umständen!«

»Wir werden sehen, Schneewittchen.«

Dieser versteckt blassblaue Märchenprinz brachte mich schier um den Verstand. Ich jammerte immer noch, als wir zu fünft das Haus verließen.

Von der Wüste Gobi war fast nichts mehr zu sehen. Stadtstrand ade. Hallo, du leuchtendes Lichtermeer. Das Flussufer war übersät mit hunderten von ausgehöhlten und mit gruseligen Gesichtern verzierten Kürbissen.

Große, kleine. Orangefarbige und grüne, runde und lange. Mit Kerzen und Teelichtern befüllt. Und im Hintergrund glitzerte das Wasser. Welcome to Halloween-Town. Bei dem Anblick vergaß ich sogar kurzzeitig, dass ich fror wie ein Schneider. Es wehte eisiger Wind, meine Fingerspitzen waren steif und durchsichtig vor Kälte, und mein Unterkiefer gab ein Klapperkonzert. Wie hielten Frauen das nur aus? Bei dieser Jahreszeit im Rock? Jetzt machte es natürlich auch doppelt Sinn, dass Sirin, die ursprünglich als Gretel verkleidet sein wollte, sich kurzfristig umentschieden hatte, und nun gemeinsam mit Karla das Hänsel-und-Hänsel-Duo bildete, anstatt des geplanten Hänsel-und-Gretel-Pärchens. Bitches! Robert in seiner Piratenkluft mit großem Dreispitz auf dem Kopf hatte ohnehin keine Probleme mit dem Wetter. Luka trug ein Pokerface und ließ sich nicht anmerken, ob ihn der eisige Wind störte. Und ich hatte natürlich mal wieder das große Los gezogen. Dieses Schneewittchenkleid hätte ich auch ausziehen und stattdessen in Unterwäsche am Ufer entlanglaufen können. Das wäre aufs Gleiche hinausgelaufen. Gänsehaut und Frostbeulen. Trotzdem lernte ich aufs Neue, dass ich meinen Mitbewohnern hin und wieder ein bisschen mehr trauen sollte. Auf dem gesamten Hinweg hatte ich genörgelt, dass das Café winzig sei. Die Party würde draußen stattfinden. Es sei viel zu kalt dafür. Auf diese Bemerkungen erntete ich haufenweise genervte Blicke. Robert zeterte mit Luka, er solle seine holde Maid im Griff haben. Und wie aus einem Mund schimpften sie, ich solle es doch einfach abwarten. Ja. Sie hatten recht. Würde ich natürlich nicht zugeben. Aber ich staunte nicht schlecht über die aufgespannten Segeltücher und die Unmengen an Heizpilzen, die aufgebaut waren. Das in Kombination mit dem Kürbislichtermeer verlieh dem Stadtstrand Café und dessen Promenade ein gemütliches, warmes Flair.

An irgendeinem Zeitpunkt in der Vergangenheit hatte ich großkotzig behauptet, es sei ab und an besser, seine Meinung zu sagen, als zu schweigen. Ich hatte es schon erwähnt: Früher schwieg ich, heute redete ich. Das Ergebnis blieb in der Regel dasselbe. Am derzeitigen Punkt meines Lebens angelangt, verstand ich endlich, dass weder das Schweigen noch das Reden selbst der Casus knaxus, der Schlüsselfaktor, war. Sondern der Tonfall. Der Subtext, der hinter der Stille oder auch hinter den Worten lag. Mein Tonfall war in beiden Fällen derselbe. Bitter. Anklagend. Abwehrend. Das machte den Umgang mit mir nicht gerade einfach. Zugegeben. Typische Schlussfolgerung meinerseits auf diese Überlegungen hin war: Dann sollte die Welt doch eben nicht mit mir umgehen. Ich zwang sie ja nicht dazu. Man sollte mir doch einfach meine Ruhe lassen. Und genau hier biss sich die Katze in den Schwanz. Denn auch dieser Ansatz hatte genau denselben Unterton: Bitter. Anklagend. Abwehrend. Warum diese Selbstanalyse? Weil ich hier mit Leuten unterwegs war, die mich in ihre Gruppe aufgenommen hatten, obwohl ich dieser unterkühlte Idiot war. Obwohl ich ihnen extrem auf die Füße getreten hatte. Obwohl jeder Einzelne von ihnen das Recht gehabt hätte, mich zur Hölle zu wünschen, und es trotzdem keiner von ihnen tat. Kurz gesagt: Ich steckte bis zum Hals im Dreck. Und Luka hatte schlichtweg recht, wenn er von mir verlangte, endlich nach den ausgestreckten Händen zu greifen, die sie mir reichten, anstatt sie abzuwehren. Es fühlte sich an, als gab ich mich geschlagen. Defeated. Kapitulation nach langem Kampf. Aber die abstrakt denkende Hälfte meines Gehirns wusste, dass es genau das nicht war. Sondern das Gegenteil. Medizin schmeckte eben immer bitter. Deshalb war sie so leicht mit Gift zu verwechseln. Ich kaute auf meiner Lippe, Lippenstift hin oder her, und schwieg. Diesmal mit anderem Subtext: Abwartend. Sich leiten lassend. In gewisser Weise sogar vertrauensvoll. Meine Meckerei auf dem Weg zur Party war Unsicherheit. Niemand gab gerne die Zügel aus der Hand. Schon gar nicht von heute auf morgen. Das war beängstigend. Aber es war meine Entscheidung gewesen, an diesem Abend dabei zu sein. Rückzug war daher keine Option.

Durch die Glasfront konnte man sehen, dass sich die Leute im Café bereits stapelten. Die Barhocker am Tresen waren besetzt, die Tische erst recht, also blieben nur die Stehtische draußen vor der Fensterfront. Kapitän Rotbart eilte voraus, weil er einen freien Platz mit Heizpilz erspäht hatte, und winkte uns ungeduldig zu. Getreu der Weisheit, es müsse erst schlimmer werden, bevor es besser werden konnte, steigerte sich mein Zähneklappern im Schein des Strahlers ins Unerträgliche. Robert, der seine Sticheleien nicht lassen konnte, lachte mich aus und boxte Luka gegen die Schulter.

»Bring deinem Schneewittchen 'nen Schnaps, damit er von innen wieder auftaut. Und wenn du schon auf dem Weg bist, dann bring uns auch gleich was mit.«

Prinz Charming kommentierte das erst gar nicht, sondern drehte sich um und verschwand im Café. Ringsum waren erstaunlich viele Geister anwesend. Möglicherweise war das eine Art Halloween-Flashmob, möglicherweise war ein weißes Bettlaken auch einfach die billigste Kostümierung und deshalb bei Studenten sehr beliebt. Wer konnte das schon sagen? Es schien allerdings so, als sei die Geisterwelle nichts Neues, denn Sirin und Karla versuchten unentwegt anhand der Haltung, der Handbewegungen, der Statur oder anderer Kleinigkeiten herauszufinden, wer sich unter dem Laken verbarg, und hatten erstaunlich oft den richtigen Riecher. Ähnliches galt übrigens auch für Robert und sein Piratenkostüm. Er war bekannt wie ein bunter Hund. Und das Schauspiel, das sich mir bot, war unglaublich. O Captain! My Captain! Der Ausruf war hier offensichtlich nicht ausschließlich als Walt Whitmans Gedicht bekannt, sondern auch als Währung. Ich zählte schon gar nicht mehr. Es fand eine regelrechte Völkerwanderung um unseren Heizpilz herum statt. Sie legten alle die rechte Hand aufs Herz und grüßten Robert mit der Ode an Abraham Lincoln. Na ja. Zumindest mit der Hälfte der ersten Zeile. Woraufhin Robert sie mit einem goldenen Schokoladentaler belohnte. Ich versuchte es mit der zweiten Zeile des Gedichts.

»The ship has weather'd every rack, the prize we sought is won.«

Nichts. Ich hätte mindestens zwei Goldtaler verdient. Aber nein. Ich erntete nur schiefe Blicke. Hätte ich mir denken sollen. Kunstbanausen! Wahrscheinlich wussten sie gar nicht, woher der Satz stammte, den sie so brav rezitierten. Ich verdrehte die Augen und Robert hob den Hut vom Kopf.

»Das Schneewittchen erhält zu Hause ein Snickers, sofern es meine Preispolitik nicht zerstört.«

Zum Totlachen! Da vergaß ich doch glatt, mit den Zähnen zu klappern. Aus dem Café kam Luka, der in beiden Händen Tassen balancierte. Die vier blauen verteilte er tonlos unter meinen Mitbewohnern und sich selbst, die rote Tasse drückte er mir in die Hand.

»Kinderpunsch.«

»What?«

»Glühwein ohne Wein. Nur Glüh.«

Aha. Eine weitere, glorreiche Erfahrung dieses Aufenthalts. Kinderpunsch war das Ekligste, das ich jemals getrunken hatte. Saure Milch inklusive. Ich honorierte seine Absicht, mir etwas Warmes mitbringen zu wollen. Aber hätte es nicht einfach Kaffee sein können? Ich verzog das Gesicht und nahm einen Schluck des Teufelszeugs, das verdächtig nach aufgekochtem Eistee schmeckte. Mein stiller Dank an Luka, der schon wieder ganz beiläufig den Ansagen meiner Schwester gerecht wurde, auf mich aufpasste und mich vom Alkohol fernhielt. Während sich Robert mit seinen Goldgräbern und die Mädels mit den Spukgestalten beschäftigten, beobachtete ich das Kommen und Gehen, und konnte kaum den gequälten Laut unterdrücken, der mir über die Lippen rollte, als ich sah, wer da den Weg entlang geschlendert kam. Der Verbindungsspinner. Kim. Ana. Ohne Kostüm. Und in einer anderen Gruppe direkt hinter ihnen: Lena. Als untote Marionette verkleidet. Sie trug ein Holzkreuz über der Schulter. Arme und Beine waren durch Schnüre damit verbunden. Trotz des Wetters trug sie kurzgeschnittene Jeans, darunter eine buntgeringelte Strumpfhose, außerdem eine weiße Bluse. Puppen spürten offenbar keine Kälte. Und das pinkfarbige Haar hatte sie zu zwei Zöpfen geflochten. Eine schräge Mischung aus Pippi Langstrumpf, Pinocchio und Chucky die Mörderpuppe. Ich wurde hinter unserem Tisch immer kleiner und wünschte mir inständig, ein Bettlakengeist zu sein. Damn it! Lena und ihre Begleiter bogen in Ufernähe zu einem vollbesetzten Stehtisch ab. Diese üble Begegnung konnte ich also noch eine Weile aufschieben. Anders verhielt es sich bezüglich der zwei Bitches und ihrem Guru. Sie kamen direkt auf uns zu, und ich bildete mir gar nicht erst ein, dass die Tür zum Café das Ziel war. Aufgeplustert wie ein Pfau kam er an unseren Tisch, Ana und Kim im Schlepptau.

»Ich dachte, Crétins haben hier heute keinen Zutritt.«

Ich überlegte krampfhaft, was man am besten auf solch einen Schwachsinn antwortete. Gebremst wurde ich allerdings von Lukas verschränkter Körperhaltung und dem Gift, das zwischen den beiden versprüht wurde. Der dämliche Kommentar galt gar nicht mir, sondern Luka. Ich erinnerte mich an Lukas nächtlichen Vortrag über Erzfeinde und bekam gerade eine Kostprobe davon. Ich war mir nicht sicher, ob die anderen sahen, was ich sah, oder ob ich mittlerweile unseren Kettenschlumpf besser lesen konnte als sie. Luka kochte innerlich. Und er war nervös. Das verriet das hektische Zucken seiner Augenlider, und er wollte uns andere nicht in diesen Blödsinn hineinziehen. Ganz klar. Weshalb drehte er uns sonst den Rücken zu? Hätte er Deckung haben wollen, hätte das anders ausgesehen. Luka zuckte betont lässig mit den Schultern.

»Kann ich nicht beurteilen. Hab heute noch keine gesehen. Aber hier herrscht ein generelles Hausverbot für Intelligenzverweigerer. Ich wäre an deiner Stelle also vorsichtig.«

Der Verbindungsspasti rümpfte die Nase.

»Uh. Jetzt sinkt das Niveau aber.«

»Ich gleich mich halt an.«

»Pass bloß auf, Luka. Wenn ich will, dass du exmatrikuliert wirst, dann passiert das auch.«

»Glaub mir. Die Uni ist mein letztes Problem. Das Allerletzte. Tu dir also bitte keinen Zwang an. Aber lass diese dämlichen Drohungen.«

Vor meinem geistigen Auge sah ich die beiden sich schon wie ein paar wildgewordene Bestien am Boden prügeln und gegenseitig die Kehlen aufschlitzen. Und mich erschreckte, wie völlig unbeeindruckt die anderen von der ganzen Sache waren. Klar. Die Worte waren lächerliche Kabbelei. Der Unterton hingegen war hasserfüllt und glich in meinen Ohren einer Kriegserklärung. Ich versuchte, heimlich über den Tisch hinweg Roberts Blick zu erhaschen, aber da ging gar nichts. Der verteilte Schokolade. Aus dem Augenwinkel nahm ich wahr, dass Frankensteins Monster aus dem Café gepoltert kam. Grün. Aufgemalte Narbe. Angeklebte Elektroden am Hals. Und es stürmte winkend auf uns zu, schob den Verbindungsfuzzi grob beiseite und zog Robert am Ärmel. Das trennte den Idioten in Bundfaltenhose erstmal von Luka, was mich erleichtert ausatmen ließ. Frankensteins Monster vollführte den Gruß mit der Hand über dem Herzen und setzte noch einen, an dieser Stelle völlig profan wirkenden, Handschlag hintendran.

»O Captain! My Captain! Bist du mit dem Auto da?«

»Nee. Mit dem Schiff. Siehst du doch.«

»Im Ernst, Alter! Ich brauche Glühwein. Ich hätte nicht gedacht, dass bei dem Wetter so Viele kommen, und jetzt wird's knapp. Kannst du Nachschub besorgen?«

Robert verzog zerknirscht das Gesicht.

»Sorry! Wir sind zu Fuß gekommen.«

Frankensteins Monster stampfte wie ein Kleinkind mit dem rechten Fuß auf und brummte vor sich hin.

»Verdammt! Kannst du kurz die Theke übernehmen? 'Ne halbe Stunde maximal.«

»Ich muss aber meine Crew mitnehmen.«

»Aye Captain! Du hast was gut.«

Damit wirbelte das Monster herum und blieb abrupt vor dem Verbindungstyp und seinen Begleiterinnen stehen. Er deutete mit dem Zeigefinger auf sie.

»Hey ihr! Hier ist Kostümpflicht!«

Aber noch ehe Mister Bundfaltenhose-und-Schärpe sich irgendwie rechtfertigen konnte, blies Robert zum Abmarsch.

»Auf! Auf! Ihr Landratten! Folgt mir an Deck.«

Er gestikulierte uns zu, dass wir uns anschließen sollten, dann klopfte er Frankensteins Monster auf die Schulter.

»Lass den Spinner. Der ist verkleidet als der Pate von St. Pauli. Und das sind zwei seiner siebenundzwanzig

Pferdchen.«

Dem Verbindungsschnösel klappte der Unterkiefer bis in den Matsch. Weder Ana noch Kim checkten, als was sie da gerade betitelt worden waren, und blieben dementsprechend schweigsam. Um so besser! Und ich verstand, dass unser Kapitän das alles sehr wohl mitbekommen hatte, aber wusste, wann man Luka alleine kämpfen ließ und auch, wie man eine hitzige Stimmung endgültig im Keim erstickte. Sirin, Karla, Luka und ich folgten dem Monster und dem Kapitän ins Café hinein. Robert verschwand hinter dem Tresen. Sein Kumpel organisierte vier Barhocker und sorgte dafür, dass die Gäste enger zueinander rutschten und so für uns Platz schufen. Ich wusste es ja schon immer: Vitamin B regierte die Welt. Egal, ob in Großkonzernen oder in einem winzigen Strandcafé. Überall dasselbe. Mit dem minimalen Unterschied, dass ich in der Regel von so etwas nicht profitierte. Dies hier war die Ausnahme. Und ich war mehr als dankbar. Denn obwohl wir einen Tisch mit Heizstrahler ergattert hatten, war ich zwischenzeitlich tiefgefroren. Schockgefrostet regelrecht. Und im Café war es doch um einiges wärmer. Ungelenk kletterte ich auf den Barhocker. In diesem Kleid war das durchaus eine Meisterleistung. Dann lehnte ich mich zu Luka.

»Was ist das zwischen diesem Typen und dir? Das ist doch nicht normal.«

»Wir können uns halt nicht ausstehen.«

»Ach komm. Kein Scheiß? Darauf wäre ich jetzt echt nicht gekommen.«

Von Lukas anderer Seite lehnte sich Karla zu mir herüber und versuchte, gleichzeitig von hinten Luka die Ohren zuzuhalten.

»Ich sag dir, was da ist, Matt. Erinnerst du dich an den ganz alten Eintrag auf unseren Küchenschränken? Den über die Benutzung fremder Betten für sexuelle Aktivitäten?«

Luka schlug nach Karlas Händen und versuchte, sie wegzudrängen.

»Karla! Das will keiner wissen. Sei still!«

Oh ja. Ich erinnerte mich. Und doch! Das wollte jemand wissen. Nämlich ich. Ich schnappte nach Lukas Händen und redete um ihn herum.

»Du weißt also doch Details?«

»Na klar, weiß ich die!«

Karla lachte laut und deutete mit dem Kopf nickend hinter sich.

»Schließlich war es Sirins Bett. Man konnte bei dem Gebrüll damals nicht verpassen, was passiert war.«

Luka versuchte, seine Hände zu lösen, schaffte es aber nicht. Und von hinter Karla meldete sich Sirin zu Wort.

»Das verzeih ich dir übrigens niemals, Luka! Niemals!«

Der kniff die Augen zusammen und stieß einen gequälten Laut aus. Ich schnappte nach Luft und starrte Luka entgeistert an.

»Es war aber nicht er. Oder? Oh dear god! Bitte, sag mir nicht, du und er?«

Mein Blick war der, des blanken Entsetzens. Lukas aber kam direkt aus der Hölle.

»Schneewittchen! Bist du völlig belämmert? Natürlich nicht! Nein!«

An dieser Stelle mischte sich Karla wieder ein, die sichtlich Spaß daran hatte, wie Luka sich wand.

»Nein. Nicht der Verbindungsschnösel. Aber seine damalige Schnalle.«

Sie lachte schrill und ganz offensichtlich schadenfroh. Und Luka nörgelte.

»Was ich damals nicht wusste, Herrgott nochmal!«

Auf ein Neues: Wo war ich hier nur reingeraten? Es wurde immer skurriler. Und natürlich wussten alle Bescheid. Wie hatte ich Karla damals nur ein einziges Wort glauben können? Sie wussten alle Bescheid. Über Luka. Über den Kater. Über die Geschichten hinter den Notizen an den Küchenschränken. Nichtsdestotrotz war Karlas überdreht wirkender Lachanfall unvermeidbar ansteckend. Ich schüttelte grinsend den Kopf und boxte Luka leicht gegen die Schulter.

»Echt. Du hast total den Schatten. Aber jetzt sag mir noch eins: Wieso Sirins Zimmer?«

»Meine damalige Begleitung hatte eine Katzenhaarallergie. Sirins Zimmer ist das einzige, in das der Kater nicht hinein darf. Das war nur logisch.«

Ich war sprachlos. Ohne Worte. Dazu fiel mir einfach nichts mehr ein. Musste es aber auch gar nicht. Karla heulte schon vor Lachen, und ich stand, ehrlich gesagt, auch kurz davor. Auch wenn mir Sirin ein klitzekleines bisschen leidtat. Ich wollte tausend Dinge wissen. War Sirin vorübergehend ausgezogen? Hatte sie ihre Bettwäsche verbrannt? Oder sogar das ganze Bett? Wie hatte Luka es geschafft, dass sie immer noch mit ihm sprach? Aber all diese Fragen würde ich ihm irgendwann unter vier Augen stellen. Nicht hier. Nicht jetzt. Das tat ich Sirin nicht an. Schon allein deshalb nicht, weil mir nun klar war, dass diese Gruppe sich näher stand, als sie es nach außen hin zeigte. Sie schwiegen über gewisse Dinge. Sie redeten über andere. Immer mit Bedacht gewählt. Und aus irgendeinem Grund war ich am heutigen Abend eine Stufe weiter in den Kreis des Vertrauens gerutscht.

Aus der angekündigten halben Stunde Thekendienst wurden in Windeseile zweieinhalb Stunden. Nicht, weil es Frankensteins Monster nicht in der vorgegebenen Zeit geschafft hatte, den Glühweinvorrat aufzufüllen, sondern weil Kapitän Rotbart außerordentlichen Gefallen daran gefunden hatte, der Herrscher der sieben Weltmeere, beziehungsweise der Theke, zu sein. Super Vorteil für uns. Ätzender Nachteil für den Verbindungsguru und seine Anhänger. Robert betitelte die Drinks, die er an diese Gruppe herausgab, nicht nur mit gruseligen Halloween-Namen, sondern mischte auch mit Hingabe mindestens eine gruselige Zutat unter. Luka fand das natürlich prima. Ich auch, roch aber gleichzeitig den Ärger, der frech und hinterlistig im Verborgenen lauerte. Dass der Verbindungstyp ein Rad abhatte, wussten wir ja jetzt alle.

Die Tür des Cafés flog auf und knallte laut scheppernd an den Türstopper am Boden.

»Lass meine Fäden los, du Depp!«

Ich brauchte mich nicht umzudrehen. Lena erkannte ich an der Stimme. Robert lehnte sich über den Tresen und schob Karla aus dem Weg, um besser sehen zu können.

»Hey! Auf meinem Schiff werden keine Türen geknallt!«

»Dann sag diesem Idioten, dass er die Finger von mir lassen soll. Oder schmeiß ihn raus!«

Na, das hätte ich mal im *35-Millimeter* verlangen sollen, als Chucky die Mörderpuppe mir ganz unverfroren auf die Pelle gerückt war. Ich tippte nervös mit den Fingern auf dem Tresen herum und schämte mich für meine Gedanken. Es war natürlich in keinem Fall in Ordnung, dass der Verbindungstyp, der gerade die Schultern hob und so tat, als könne er kein Wässerchen trüben, ihr nachstieg. Meine schrägen Erfahrungen mit Lena hin oder her. Aber so schnell konnte ich gar nicht gucken, da war Luka schon an Lenas Seite und schob sie ins Café hinein.

Ich hörte Robert hinter mir fluchen und dann brach das Chaos los. Luka und der Verbindungsvollidiot schrien sich gegenseitig an, andere Gäste regten sich auf und pöbelten rum, die zwei Streithähne sollen ihre Auseinandersetzung draußen fortführen. Wiederum andere Gäste mischten sich in den Streit ein und machten dadurch alles noch viel schlimmer. Und ich? Ich saß auf meinem Barhocker und war wie versteinert. Ich hatte Luka noch nie so aufgebracht erlebt und erst recht hatte ich ihn noch nie schreien hören. Das war gar nicht seine Art, mit Menschen umzugehen. Insofern bezweifelte ich, dass die Sache mit der Ex-Schnalle das einzige Streitthema zwischen den beiden war. Letztendlich war das aber auch egal. Was mich schließlich aus meiner Starre riss, war das Klirren von Glas. Ich hatte Streits erlebt. Ich wusste, dass in solchen Situationen manchmal der Verstand aussetzte. Und ich wusste, dass in aller Regel dieser Geisteszustand und Scherben keine gute Kombination waren. Für niemanden. Ich rutschte vom Barhocker und trat auf das blöde Kleid.

»Matty, nicht.«

Karla versuchte, mich am Ärmel festzuhalten, aber ich schüttelte sie ab und quetschte mich an ihr vorbei und drängte mich durch die Menschentraube hindurch in Richtung Eingangstür. Lena kniete vor dem Treppenaufgang zu den Toiletten und knotete ihre Marionettenfäden am Kreuz fest. Ich schob zwei, drei Leute beiseite, die nichts Besseres zu tun hatten, als dumm in der Gegend herumzustehen und nichts zu tun. Typisch. Sowas machte mich richtig sauer. Nicht nur, weil ich befürchtete, dass sich Luka gleich einen Kinnhaken einfangen würde, sondern weil ich Gafferei nicht ausstehen konnte. Ich raffte den Rock zusammen und schob mich weiter vor zum Eingang. Die Tür war in den Stopper eingeschnappt und stand sperrangelweit offen. Eisiger Wind zog um die Ecke und löschte die Kürbisgesichter auf der Theke in einem Zug. Ein Glück war ich nicht abergläubisch. Die beiden Streithähne keiften sich gegenseitig an und waren drauf und dran, dem jeweils anderen an die Kehle zu gehen, sollte auch nur eine unvorhergesehene Bewegung geschehen.

»Hey, Luka. Komm.«

Ich sprach ihn ruhig an, bevor ich ihn am Arm packte und in meine Richtung zog. Wer wusste schon, wie er reagierte, wenn er so stinksauer war. Die Zahnräder ratterten in seinem Kopf. Man konnte wahrhaft sehen, dass Luka abwog. Was war wichtiger? Diesen Depp in seine Schranken zu weisen, egal was es kostete, oder den Abend in Ruhe mit uns zu verbringen? Die Wahl wäre ganz klar auf uns gefallen, hätte dieser Idiot einfach die Klappe gehalten.

»Schneewittchen, lass das mal die echten Männer regeln. Wir wissen ja aus Erfahrung, dass du ...«

Mr. Wichtig hatte keine Zeit, den Satz zu beenden, da

traf Lukas Faust schon auf sein Kinn. Dann überschlugen sich die Ereignisse. Der Verbindungstyp schlug zurück. Luka brüllte. Der Andere brüllte. Ich versuchte, dazwischenzugehen und Luka wegzuziehen. Und dann gingen bei mir ganz kurz alle Lichter aus. Keine Ahnung, wer von beiden mich getroffen hatte. Aber Lukas Beschimpfungen nach, nicht er. Ich kniff die Augen zu, versuchte wieder, klar zu sehen, und packte mir an die Lippe. Rot. Lippenstift. Kein Blut. Na, wenigstens war dieser Kelch an mir vorübergegangen. Dann wurde ich beiseitegeschoben.

»Jetzt reicht's!«

Roberts Stimme hallte durch das ganze Café und machte unmissverständlich klar, dass er auf diesen Scheiß keinen Bock hatte. Er packte mich am Ellenbogen und sah mir ins Gesicht. Sein Blick prüfte eher, ob ich mich auf den Beinen halten konnte, als dass er mich abstrafte. Ich nickte leicht.

»Setz dich hin und nimm Luka mit.«

Eine Ansage, die keine Widerrede duldete. Also schnappte ich mir Prinz Charming, der immer noch wilde Beschimpfungen ausstieß. Robert wandte sich dem Idioten zu, hielt ihm einen Zettel mit der einen Hand hin und streckte ihm die andere in Erwartungshaltung entgegen.

»Deine Rechnung. Bezahl. Und dann geh.«

Nie im Leben hätte ich gedacht, dass der Spinner Roberts Aufforderung folgeleisten würde. Unter keinen Umständen. Dementsprechend haute es mich vom Hocker, dass er sich seine blutige Nase an einem Taschentuch abwischte und dann tonlos sein Portemonnaie zückte. Ich erwischte mich bei dem Gedanken, dass Luka gut getroffen hatte, und schmunzelte. Innerlich. Ich wollte schließlich keine weitere Provokation heraufbeschwören. Ich. Luka hatte da offenbar andere Pläne.

»Hey! Gib ihm wenigstens Trinkgeld!«

Von dieser Aufforderung an den Verbindungstypen war ich so irritiert, dass ich nur dumm dastand. Luka war unverbesserlich. Und der andere Idiot sprang natürlich voll darauf an und versuchte gleich, den nächsten Streit vom Zaun zu brechen. Glücklicherweise trat Robert dazwischen, der Luka erbost anfuhr.

»Setz dich hin und halt die Klappe!«

Mir nickte Robert zu, was so viel hieß wie: Sieh zu, dass du Land gewinnst. Dann riss er Mr. Wichtig die Scheine aus der Hand und deutete in den Hof hinaus.

»Danke schön. Auf Wiedersehen!«

Mit dem Verbindungstyp gingen auch Ana und Kim und noch ein paar andere, die ich zwar nicht kannte, die aber ganz offensichtlich zur Gruppe gehörten. Ich schob Luka vor mir her in Richtung unserer Barhocker und Robert schloss geräuschvoll die Tür. Auf dem Weg durch die Leute nörgelte Luka vor sich hin.

»Er hat ihm nicht mal Trinkgeld gegeben!«

»Ich weiß, Luka.«

Er setzte sich trotzig und maulend auf seinen Sitz und starrte mich empört an.

»Er. Hat. Robert. Kein. Trinkgeld. Gegeben!«

Als ob ich schwerhörig war. Ich wusste nicht, was ich darauf antworten sollte. Nicht im Geringsten. Aber dann kam Robert um den Tresen herum gelaufen, dem Luka noch einmal ganz genau denselben Satz an den Kopf knallte. Der winkte schweigend ab, was Luka nur noch mehr aufwühlte.

»Man muss doch Trinkgeld geben. Immer!«

So langsam beschlich mich das Gefühl, dass es hier gar nicht um das dämliche Trinkgeld ging. Ich checkte aber auch nicht, um was sonst. Allerdings sagte mir meine innere Stimme, dass es besser war, das Thema zu wechseln. Ich schob Luka meinen Kinderpunsch zu und bestellte ihm bei Robert gleichzeitig mit stummen Blicken einen weiteren Glühwein. Aber irgendwie funktionierte das alles nicht. Luka war elend stur und trotzig wie ein Kleinkind. Das war doch sonst meine Art, nicht seine. War heute Tabula rasa angesagt, oder was? Verkehrte Welt. Karla und Sirin warfen mir auch nur ratlose Blicke zu. Na, super! Ich stöhnte innerlich, dann tippte ich Luka an die Schulter.

»Luka? Willst du tanzen?«

Ich sah Sirin hinter Karla hin- und herzappeln, die Augen aufgerissen, die Hand vor den Mund geschlagen, um nicht laut loszulachen. Ich wollte sie erwürgen! Luka verstummte und starrte mich an. Man konnte ihn also doch überraschen. So sprachlos hatte ich ihn selten erlebt. Ich kaute auf meiner Lippe und er holte Luft.

»Meinst du das ernst?«

»Ich weiß nicht.«

»Wie, du weißt nicht?«

Aus mir sprach die pure Angst, dass mich Luka darauf festnageln würde. Nichts lag mir ferner, als jetzt auch noch durch solch eine Aktion aufzufallen. Das Theater eben hatte mir schon gereicht. Thank you very much. Jetzt hatte ich mich auch noch selbst in diese Zwickmühle katapultiert. Aus dem Augenwinkel nahm ich wahr, dass Lena ihre Fäden repariert hatte, das Kreuz wieder über der Schulter trug und auf uns zukam. Und ich bezweifelte ganz stark, dass mir das in meiner derzeitigen Lage auch nur ein klitzekleines bisschen helfen würde. Das Einzige, was mir Genugtuung verschaffte, war Lenas offensichtliches Unbehagen. Ihr war diese Begegnung genauso unangenehm wie mir. Sie stupste mit dem Zeigefinger ihre Brille zurecht und zupfte an den pinkfarbigen Zöpfen.

»Danke.«

Ich zog eine Augenbraue hoch und deutete auf Luka.

»Das musst du ihm sagen.«

Aber den sah sie nur giftig an und nickte knapp. Was zwischen ihnen das Problem war, wusste auch nur der

Geier. Ich tippte aber insgeheim auf das versaute Date mit mir. Auch wenn es arg verquere Psychologie war, ihm die Schuld in die Schuhe zu schieben, anstatt mir. Entgegen meiner Erwartung blieb Lena bei uns stehen und musterte uns abschätzig. Ich flehte Karla mit Blicken an, sie solle doch irgendetwas sagen. Schließlich waren sie Freundinnen. Oder hatte ich an diesem Ende auch alles falsch verstanden? Die verzog aber das Gesicht. Entschuldigend? Unwissend? Das konnte ich nicht ablesen. Auf jeden Fall wurde diese betretene Stille langsam richtig unangenehm. Lena verschränkte schließlich die Arme vor der Brust und deutete, mit dem Kopf nickend, erst auf Luka, dann auf mich.

»Ihr seid also zusammen hier?«

Okay. Jetzt checkte sogar ich, woher das Gift kam. Mir blieb aber auch nichts erspart. Ich sah ratsuchend zu Luka, der mir den Schwarzen Peter postwendend zurückschob. Die hochgezogenen Augenbrauen und das freche Grinsen schrien förmlich: Deine Chance, an deiner Komfortzone zu arbeiten, Schneewittchen. Er war die Pest! Luka würde den Teufel tun, sich zu Lenas Frage zu äußern. Hätte ich mir denken sollen. Ich verdrehte die Augen und versuchte, ihm schweigend zu verstehen zu geben, dass ich ihn bei nächster Gelegenheit erwürgen würde. Lena gegenüber setzte ich ein entschuldigendes Lächeln auf, das ganz gewiss nicht meine Augen erreichte.

»Sorry, Lena. Ja, sind wir.«

Sie schnaubte, drehte sich um und ging. Diese Art Abgang war ich ja von ihr schon gewohnt. Und Luka schmiss sich weg vor Lachen.

»Du bist echt zum Kotzen!«

»Weiß ich.«

»Den Tanz kannst du vergessen. Mit Spinnern tanze ich nicht.«

»Ja, ja. Schon klar, Schneewittchen.«

Dann sah er mich an und deutete auf mein Gesicht.

»Deine Lippe wird blau.«

»Ach, ja? Danke dafür.«

Ich war der Gott der Ironie, wenn es um Dankesworte ging. Luka zog sein Handy aus seiner Hosentasche und rückte an mich ran.

»Komm, das müssen wir festhalten.«

Er grinste. Ich blickte finster drein. Es blitzte. Und Luka war mit mir ganz und gar nicht zufrieden.

»Mensch, Schneewittchen. Lach mal.«

Das Ganze wiederholte sich. Allerdings setzte ich mein billigstes Fakelächeln auf, das ich aus dem Ärmel zaubern konnte. Luka seufzte und sah mich an.

»Snow White. Mir ist klar, dass einem manchmal nicht zum Lachen zumute ist. Mir ist auch klar, dass du mir diese Sache hier noch eine ganze Weile nachtragen wirst. Aber kannst du nicht wenigstens fürs Foto lächeln?«

Ich deutete mit dem Zeigefinger aufs Display.

»Ich lächle doch.«

Luka schnaubte abfällig.

»Blödsinn! Du lächelst nicht. Das ist völlig erbärmlich! Du musst die Augen ein bisschen zusammenkneifen. Das wirkt echt, auch wenn es das nicht ist.«

Es blitzte wieder. Wenn ich Lukas Meinung nach etwas lernen musste, dann gab er nicht so schnell auf. Was zu einer Reihe vollkommen dämlicher Fotos führte. Und im Endeffekt auch zu einigen, auf denen wir tatsächlich lachten wie die Irren.

»Siehst du. Geht doch.«

»Und was war das jetzt? Die Demonstration einer deiner Weisheiten?«

Robert schob mir über den Tresen eine Cola zu und lachte.

»Davon hat Luka einige auf Lager. Gib dem Dienstleister Trinkgeld. Lächle auf Fotos. Wirf den Obdachlosen auf der Straße Kleingeld in die Becher. Koch deinen Mitbewohnern Tee, wenn sie im Stress sind. Das Erschreckende daran ist, dass er nicht nur labert, sondern es tatsächlich selbst einhält.«

»Natürlich halte ich mich daran. Und es ist echt zum Kotzen, dass viele diesbezüglich unbelehrbar sind!«

Waren wir jetzt wieder beim Trinkgeld angelangt? Oder bei sozialadäquatem Verhalten allgemein? Ging es darum, sich manchmal selbstlos zu verhalten, ohne es als Besonderheit zu betrachten? Ich kam bei dieser

Unterhaltung nur schwer hinterher. Vermutlich ging es um Dinge, die man verstand, wenn man längere Zeit in dieser WG verbracht hatte. Karla klinkte sich an dieser Stelle aufgeregt in die Unterhaltung ein, und warf mich vollkommen aus der Bahn, als sie Luka auf die Wange küsste.

»Ich spiele jetzt zwischen elf Uhr abends und zwei Uhr nachts Klarinette.«

Ich raffte es nicht. Und das sah man mir auch an, denn Sirin lehnte sich nach hinten, um mir ein paar erklären de Worte zuzuflüstern.

»Man ist abends kreativer als morgens. Er hat ihr gesagt, sie soll an Musik nicht so analytisch rangehen. Scheinbar funktioniert es.«

Die Unterhaltung ging mir zu schnell. Definitiv. Hellhörig wurde ich erst dann wieder, als Robert eine Pause nutzte, und Luka einen Denkanstoß lieferte, von dem ich nicht wusste, ob er ernstgemeint war, oder ob er ihn damit nur aufziehen wollte.

»Du könntest bei 'ner Sexhotline anrufen und die Dame am anderen Ende der Leitung fragen, wie ihr Tag war.«

Luka wirkte völlig geflasht. Er hörte sogar kurzzeitig auf zu atmen. Dann zog er sein Handy aus der Hosentasche.

»Luka!«

Sirin und Karla schrien gleichzeitig. Karla nahm ihm das Handy ab und Robert kamen vor Lachen die Tränen.

Und ich? Ich war immens irritiert.

»Finger weg! Das muss man machen!«

»Luka! Nicht jetzt!«

»Wann denn sonst? Natürlich jetzt.«

So langsam läuteten bei mir die Glocken. Den Grund, warum Luka Dinge immer sofort erledigte, kannte ich mittlerweile nur zu gut.

Um zwei Uhr entließ Robert sich selbst aus dem Thekendienst. Wäre es nach mir gegangen, hätte ich im Stadtstrandcafé übernachtet, anstatt mitten in der Nacht bei Eiseskälte durch die Straßen zu laufen. Ein Taxi hätte es auch getan. Mein Vorschlag wurde mehrheitlich abgelehnt, also liefen wir. Wer gab schon etwas auf die Bitten des merkwürdigen Kerls im Schneewittchenkleid? Wir gingen einen anderen Weg als den, den wir gekommen waren. Zwanzig Minuten debattierte ich mit mir selbst, ob ich anmerken sollte, dass ich mir sicher war, dass dieser Weg nicht nach Hause führte. Aber ich biss mir auf die Zunge. Schließlich hatten wir Hänsel und Hänsel dabei. Wenn die nicht den Brotkrumen nach Hause folgen konnten, wer sonst? Dann kamen wir an die Brücke, über die ich mit Luka an meinem ersten Tag gelaufen war, und sahen das Licht in einem der Häuser leuchten.

Robert klopfte an die Ladentür der Bäckerei.

»Oma!«

Die ältere Dame schloss die Tür auf und nahm Kapitän Rotbart in den Arm. Und in meinem Kopf setzten sich weitere Puzzleteile zusammen. Das alles erklärte natürlich auch unsere unbezahlte Rechnung von damals. Unglaublich, wie ich immer wieder an den Punkt gelangte, zu glauben, ich hätte nun verstanden, wie die Dinge hier liefen, und doch stets eines Besseren belehrt wurde. Ich seufzte, schüttelte den Kopf und sah Luka an, der verschmitzt grinste, weil er meine Gedanken natürlich erahnen konnte. Jede Wette, dass für heute Nacht auch noch Entenfüttern auf dem Plan stand.

Wir fielen lachend durch die Haustür und wurden von Kater Nein begrüßt, der demonstrativ vor seinem leeren Futternapf saß.

»Haben wir den vergessen?«

Luka zog hämisch eine Augenbraue hoch und schälte sich aus seinem Puffärmelhemd.

»Wir?«

Ich verdrehte die Augen.

»Du.«

»Klingt schon bekannter. Nee. Der ist nur gefräßig.«

Er nahm das struppige Vieh auf den Arm und kraulte es hinter den Ohren. Mein Blick fiel auf die Uhr am Backofen. Kurz nach halb vier. Ich war mehr als gerädert. Aber da war ich nicht der Einzige. Robert schaffte es gar nicht erst in sein Zimmer, sondern belagerte sofort die grüngeblümte Couch. Es war immer die grüngeblümte Couch. Keiner mochte das kantige Ikea-Ding. Lieber stapelten sie sich auf den übrigen Möbelstücken. Eine absolute Pleite für den blaugelben Schweden. Sirin verabschiedete sich ins Bad, Karla in ihr Zimmer und ich löschte die Lichter. Es war nicht zu erwarten, dass Robert sich in dieser Nacht noch einmal vom Fleck bewegen würde. Er schlief den Schlaf der Gerechten. Völlig verdient. Die Party war für ihn in Arbeit ausgeartet. Luka und ich liefen schweigend nebeneinander über den Flur. Innerhalb dieser einen Minute gingen mir unendlich viele Dinge durch den Kopf. Alle Gedanken endeten mit derselben Frage: Wie bedankte ich mich am besten bei ihm? Shame on me! Wie konnte es nur sein, dass mir etwas so Simples so dermaßen schwerfiel? Während ich auf meiner Lippe kaute und mir den Kopf darüber zerbrach, setzte Luka den Kater auf dem Boden ab und reichte mir die Hand zum Einschlagen.

»Es war mir eine Ehre, Schneewittchen.«

Ich schlug ein, nickte still und schluckte schwer. Mein Mund war staubtrocken. Zu antworten, stand außer Frage. Luka schob den Kater mit dem Fuß in sein Zimmer und salutierte knapp.

»Gute Nacht. Bis morgen.«

Hinter ihm fiel die Tür ins Schloss und ich flüchtete in

mein Zimmer, bevor mich das Pech einholte, Sirin aus dem Bad kam und sah, dass ich zitterte und blau anlief. Meine Lunge schien mit Sauerstoff nichts mehr anfangen zu können. Ich drehte den Schlüssel um, riss dieses blöde Kleid von mir und ging in meinem Zimmer auf und ab wie ein Tiger im Käfig. Es war mir eine Ehre, Schneewittchen. Das waren die grausamsten Worte, die Luka jemals zu mir gesagt hatte. Vielleicht unbewusst. Natürlich unbewusst! Was wusste er denn schon? Und schon wieder tat ich ihm unrecht, weil ich mit mir selbst nicht umgehen konnte. Weil ich nicht verkraftete, dass alles von vorn begann. Schon wieder! Es war so unerträglich unfair! Was hatte ich getan, dass mir das Universum nicht eine Minute zum Durchatmen zugestand? Ich hatte den metallischen Geschmack von Blut in meinem Mund. Luka hatte natürlich recht. Ein Relikt aus längst vergangenen Zeiten. Eines, das mir zwei Dinge gleichzeitig klarmachte. Zum Einen, dass ich, so lange ich mich auf diese Weise abreagierte, noch nicht ganz unten angekommen war. Zum Anderen, dass ich mich dringend beruhigen musste, bevor ich mich gar nicht mehr im Griff hatte. Ich zog mir diese blöden, angeklebten Wimpern von den Augenlidern, wischte den Rest des Lippenstifts an meinem Arm ab und zog mich um, bevor ich weiter vor meinem Fenster auf und ab ging. Am liebsten hätte ich Dinge gegen die Wand geschmissen und lautstark die ganze Welt zur Hölle gewünscht. Allerdings wollte ich keinesfalls, dass meine Mitbewohner merkten, dass ich gerade innerlich total ausflippte. Sie würden das nicht verstehen. Verkorkst wie ich war, stimmte das wahrscheinlich nicht. Trotzdem! Ich wollte nichts erklären. Ich wollte diese Blicke nicht. Vor allem wollte ich einen Satz nicht hören. Der lautete: Stell dich nicht so an! Ich konnte mich nicht mehr daran erinnern, ob das tatsächlich jemand zu mir gesagt hatte. Damals. Vielleicht war es auch ein Verlangen an mich selbst gewesen, von dem ich heute wusste, dass ich ihm niemals gerecht werden konnte. Wie auch immer. Das machte die Angelegenheit weder besser noch schlechter. Ich versuchte, die Übelkeit weg zu atmen, die in mir aufstieg, und setzte mich aufs Bett. Mein Handy auf dem Nachttisch schwieg. Kein Blinken. Keine Nachricht. Kein Anruf. Nicht einmal von meiner Schwester. Trotzdem nahm ich es in die Hand und klickte jenen Chatverlauf auf, den ich zutiefst hasste und doch nicht loslassen konnte. Ethan und Jake. Mit zittrigen Fingern scrollte ich durch unzählige Nachrichten. Alle meine. Alle unbeantwortet. Und hinter jeder einzelnen steckte das stumme, verzweifelte Flehen: Bitte kommt zurück!

Ich war keine einfache Person. Das war eine schlichte Tatsache. Ich verstand übertriebene Gefühlsduselei nicht. Ich hasste Heuchler. Ich traute kaum einer Menschenseele über den Weg. Und manchmal verlor ich mich in Fragen, die keiner beantworten konnte. So sehr, dass ich mir wünschte, mich in Luft aufzulösen, weil plötzlich nichts mehr Sinn ergab. Das konnten Menschen nur schwer aushalten. Und ich machte ihnen keinen Vorwurf daraus. Nicht einmal dann, wenn man mir zur Lösung meiner Stimmungsschwankungen Antidepressiva nahelegte. Vollkommener Quatsch. Ich war doch nur ich. End of story. Ethan und Jake bildeten die Ausnahmen. Wir verstanden uns schweigend. Sie ließen mich sein, wer ich war und holten mich zurück in die Realität, wenn es nötig war. Sie verstanden, wie ich tickte, und das beruhte auf Gegenseitigkeit. Schön. Nicht? Diese Überlegung ließ mich bitter mit den Zähnen knirschen. Die Wahrheit war leider eine ganz andere. Wir waren gnadenlos voneinander abhängig. Zumindest ich von ihnen. Diese Art Freundschaft war die erbarmungsloseste Droge auf dem Markt. Die Erkenntnis kam mit den Entzugserscheinungen, und ich war nach ihrem Tod auf Cold Turkey. Genau genommen kämpfte ich heute immer noch. Junkie blieb eben Junkie. Da konnte ich ein Lied von singen. Nie wieder! Das hatte ich mir damals geschworen. Freundschaft hatte ich rigoros aus meinem Sprachschatz gestrichen. Das wollte ich nicht mehr. Und ich konnte es auch nicht mehr. Das war der Status quo an diesem Ende meiner Psyche. Was man nicht hatte, konnte man auch nicht verlieren. Also schob ich alles von mir und kämpfte mich alleine durch die Scherben, die geblieben waren. Ich zog die Knie bis unters Kinn, verschränkte die Arme darüber und ließ kraftlos das Handy aufs Bett fallen. Es war mir eine Ehre, Schneewittchen. Dieser Satz zirkulierte in meinem Kopf und klang mit jeder Runde mehr nach Good Bye. Luka hatte das nicht so gemeint. Und trotzdem machte mir diese Situation zwei Dinge klar. Erstens: Luka hatte, ohne dass ich es gemerkt hatte, die Grenze des lediglich nervenden Mitbewohners längst überschritten und hinter sich gelassen. Zweitens: Ich hatte vor dieser Wahrheit und ihrem ganzen Rattenschwanz panische Angst. Bis um fünf Uhr morgens quälte ich mich, indem ich abwechselnd durch mein Zimmer tigerte und versuchte, mich hinzulegen und ein bisschen Ruhe zu finden. Funktionierte nicht. Beides. Am Ende stand ich auf und tat das, was sonst Lukas Gewohnheit war.

Ich lauschte an seiner Tür. Nichts. War zu erwarten, und trotzdem drehte sich mir der Magen um. Eigentlich wollte ich Luka wecken, ihm vor den Latz knallen, dass der Abend nett und wir in allem nun quitt waren und getrennte Wege gehen konnten. Aber die Totenstille, die in diesem Raum lag, paralysierte mich. Ich kam gar nicht erst bis zu Lukas Bett. Nicht einmal bis zum Ohrensessel, der direkt hinter dem Eingang stand. Die Tür fiel hinter meinem Rücken mit einem Klacken ins Schloss. Ich sackte an Ort und Stelle zu Boden und schnappte nach

Luft. Vielleicht schweigend. Vielleicht winselte ich auch vor mich hin. Das Rauschen in meinen Ohren übertönte alles, deshalb konnte ich mir da keinesfalls sicher sein. Was es im Endeffekt war, was Luka weckte, war ohnehin nachrangig. Er knipste die kleine Lampe neben seinem Bett an. Das half ihm vermutlich, zu verstehen, was hier mitten in der Nacht vor sich ging. Mir allerdings nicht im Geringsten. Rausgerissen aus den Schleiern der Dunkelheit war nun nicht mehr zu leugnen, dass ich völlig die Nerven verlor und einen erbitterten Kampf mit meinen Tränen kämpfte. Ich rieb mir mit den Handballen die Augen und merkte, dass Kater Nein mich am Ellenbogen schubste. Dann hörte ich leise Schritte, die sich unter meine abgehackten Schluchzer mischten.

»What's wrong?«

Seine raue Stimme war leise und sollte behutsam klingen. Und trotzdem gab ausnahmsweise nicht der Klang den Ton an, sondern seine Worte. Englisch. Seine Art und Weise mir zu zeigen, dass er den Ernst der Lage begriffen hatte, wenn auch noch nicht im Detail. Ich hätte beruhigt oder erleichtert sein sollen. Doch der einzige Gedanke, der mir in den Sinn kam, war der, dass Ethan und Jake dasselbe getan hätten. Und das ließ mich endgültig vom Rand der Welt kippen.

Erbärmlich! Schrie mein Ego und verhallte mit spottendem Echo in meinem leergefegten Kopf. Ich hasste, dass an die Oberfläche trat, was ich so lange begraben hatte. Ich hasste, dass Luka sich in die Handvoll Erlesenheiten einreihte, die ich nicht loslassen konnte. Ich hasste, an meiner emotionalen Belastungsgrenze angelangt zu sein und in tausend Scherben zu zerbrechen. Und am meisten hasste ich, dass ich zuließ, dass Luka dabei zusah. Ich hatte mir eingebildet, mich abkapseln und cool über Allem stehen zu können. Vollkommen töricht. Luka bewies erneut ein unheimlich feinfühliges Gespür dafür, was ich ertragen konnte und ab wann meine Grenzen überschritten waren. Er fragte nicht noch einmal, was los sei, sondern setzte sich neben mich und bot mir schweigend seine Schulter zum Anlehnen an. Das war okay. Uns beiden war klar, dass ich den Halt unter den Füßen verloren hatte. Aber er tröstete mich nicht. Er redete mir nicht gut zu und versuchte auch nicht, mich in den Arm zu nehmen. Nicht, weil ich diese Zuneigung nicht gebraucht hätte. Das hätte ich. Dringend sogar. Sondern, weil ich sie nicht hätte aushalten können. Ich dankte ihm im Stillen, dass er mich davor bewahrte, schon wieder davonzulaufen. Ich war seit einer ganzen Weile auf der Flucht vor mir selbst, und gerade ging mir die Puste aus. Während draußen der Himmel langsam grau wurde und ich um Contenance kämpfte, war Luka mein Ruhepol.

»Luka, ich kann nicht atmen.«

»Doch, das kannst du.«

Ich schüttelte vehement den Kopf.

»Ich hab's probiert. Ich kann nicht.«

»Du hast versucht, sie zu vergessen, und das holt dich jetzt ein. Natürlich fühlt sich das für dich an, als ob du ersticken würdest.«

Selbstverständlich hatte Luka den richtigen Riecher. Es wunderte mich schon gar nicht mehr, dass ich von Äpfeln sprach und ihm trotzdem klar war, dass ich Birnen meinte. Er hatte den kompletten Chatverlauf gelesen. Er wusste, dass ich diesen unsäglichen Spagat zwischen Verdrängung und emotionaler Abhängigkeit versuchte. Von dieser Basis aus war es nicht schwer zu schlussfolgern, dass ich gerade von meinem Drahtseil fiel. Ja, Luka beobachtete gut. Grundsätzlich. Aber heute lag er daneben. Denn heute ging es ausnahmsweise nicht um Jake und Ethan und die ganze verkorkste Geschichte, die dahinter stand. Es ging darum, dass sich die Geschichte wiederholte. Dass ich zusehen musste und nichts dagegen tun konnte. Es ging um die nackte, kalte Tatsache, dass Luka starb und ich hysterisch schreien wollte: Lass mich nicht allein!

Ich hätte kotzen können. Angewidert von mir selbst. Wer war ich denn? Luka war derjenige, der jedes Recht hatte, hier zu sitzen und sich die Seele aus dem Leib zu heulen. Ich, verdammt nochmal, nicht! Ich atmete zitternd ein und ganz langsam und vorsichtig wieder aus.

»I'm sorry.«

Daraufhin erwiderte er nichts. Eine ganze Weile lang. Was auch? Oder wie? Doch irgendwann nickte er. Das sah ich nicht, denn ich hielt die Augen geschlossen. Doch ich spürte die Bewegung, weil meine Schulter an seiner lehnte. Als er Luft holte, rechnete ich mit irgendwelchen abgedroschenen Floskeln. Das braucht Zeit. Du musst das verarbeiten. Irgendwas Unnützes in dieser Art. Weil er gar nicht wusste, dass meine Entschuldigung auf ihn und mein jämmerliches, egoistisches Flehen abzielte, und nicht etwa darauf, dass ich ihn geweckt hatte. Umso stechender waren die Worte, die er dann tatsächlich wählte.

»I understand.«

Wie konnte man an dieser Stelle nicht ins Bodenlose fallen? Ich hatte keine Ahnung. Zwischen uns war so Vieles unausgesprochen, aber vielleicht brauchten wir nicht zwangsläufig erklärende Worte. Wir wussten beide, wo wir standen, nämlich endlich Seite an Seite. Ich hörte Luka tief durchatmen, aber ich sah nicht auf. Feige. War mir schon klar. Er packte mich am Ellenbogen.

»Komm. Lass uns Klavier spielen.«

Innerhalb der nächsten Wochen wich Luka kaum von meiner Seite. Vielleicht kam es mir auch nur so vor, weil die ganze WG zuhause war. Jeder saß hinter einem Bücherberg und büffelte für die anstehenden Abschlussklausuren. Robert werkelte an der letzten Überarbeitung seiner Abschlussarbeit. Nur Luka war nicht im Stress. Der beschäftigte sich hauptsächlich damit, dumme Ratschläge zu verteilen und die Idee mit der Sexhotline aufzukochen. Ich saß auf der grüngeblümten Couch und kaute auf einem Bleistift, während Kater Nein rhythmisch seine Krallen in mein Knie bohrte.

»Man kann nicht durch Null teilen, Schneewittchen.«

»Shut up! Das ist eine Sechs und keine Null.«

»Sauklaue. Das macht das Ergebnis aber nicht richtiger. Dein Fehler ist schon da oben.«

Er tippte auf mein Blatt Papier und ich starrte ihn sauer an.

»Willst du vielleicht meine Klausuren schreiben?«

»Nein. Ich will, dass du das richtig machst.«

Gott, ging er mir auf die Nerven. Was sollte das? Dass er ständig das Klavier von einem Zimmer ins nächste räumte, half meiner Konzentration auch nicht. Die Mädels waren schon vor einigen Stunden in ihre Zimmer geflüchtet, als Luka begonnen hatte, in der Küche herum zu räumen und alle paar Minuten etwas Neues mit Edding an die Küchenschränke zu schmieren. Ich wollte ihn am liebsten irgendwo festbinden, auf seinen Händen sitzend und den Mund mit Tape verklebt.

Aus Lukas Zimmer kamen schräge Töne. Dur-Akkorde.

Moll-Akkorde. Basslinien, die nicht zu dem passten, was Melodie sein sollte. Gängige Fingerübungen, dann eine Runde *Lalelu – Nur der Mann im Mond schaut zu*. Herrgott nochmal! Ich schob den Kater und meine Mathenotizen beiseite und raufte mir die Haare.

»Luka! Spiel irgendetwas oder lass es bleiben! Das kocht einem ja das Hirn weich.«

Oh Gott! Ich war in einer Zeitschleife gefangen. Nur, dass er diesmal tatsächlich innehielt. Dann spielte er das Medley aus allen Songs, die sich auf meinem Handy befanden. Ich verdrehte die Augen und nahm wieder das Buch in die Hand. Vor meinen Augen verschwammen die Zahlen zu einem undurchdringlichen Wirrwarr. Aber was sollte ich schon tun? Ich wand mich in einem Netz aus Zeitnot, Erfolgsdruck und genereller Überforderung. Ich legte den Kopf von rechts nach links, ließ die Halswirbel knacken und sah auf die Uhr am Backofen. Halb zehn. Draußen war es dunkel und die Straßenlaternen, die ich durch das Küchenfenster sehen konnte, lagen im Nebel. Hinter mir ratterten die Rollen des Klaviers über den Flur und Lukas Ketten rasselten im Rhythmus.

»Spiel noch ein Mal die linke Hand, Schneewittchen.«

Ich stand auf und setzte mich zu ihm ans Klavier. Zu meiner Verwunderung spielten wir nicht irgendeines dieser abgefahrenen klassischen Stücke, von denen er nie müde wurde, mir zu erzählen. Sondern er spielte das Medley meiner Musik dort weiter, wo er aufgehört hatte. Nach einer ganzen Weile ließ er den Schlussakkord verklingen und sah mich einen Augenblick lang schweigend an, bevor er wieder die Finger auf die Tasten legte. Diesmal spielte er alleine. Ich kannte den Song. Er begann nicht von vorn, sondern setzte in der Mitte an. Mir standen die Haare zu Berge, als Luka ganz leise ein paar Worte mitsang.

»I hope it's worth it, what's left behind me ...«

Sein Seitenblick war stechend, prüfend, ob ich zuhörte.

»So tell everybody, the ones who walk beside me. I know you'll find your own way when I'm not with you tonight.«

Dann stand er auf, nahm seine Schlüssel vom Klavier und gab mir einen Kuss auf die Schläfe.

»Good bye, Matthew.«

Das Klacken der Haustür, die hinter Luka ins Schloss fiel, klang dumpf und weit, weit weg. Ich spürte den Boden unter meinen Füßen nicht. Und ich konnte mein Herz nicht mehr schlagen hören. Nur noch das scharfe Klirren des Blutes, das in meinen Adern gefror, während ich zitternd an Lukas Klavier saß und hysterisch schrie, bis kein Ton mehr kommen wollte.

5

Blau. Türkis. Grün. I'm not ready for you to not be here. Gelb. Orange. Pink. Leuchtschläuche in frohen Regenbogenfarben. Das grelle Licht reizte meine übermüdeten Augen. Ich steckte mir die Kopfhörer in die Ohren, um das Stimmengewirr und die Hektik auszublenden, und trat auf das Fließband. Im Schneckentempo transportierte es mich ans andere Ende des Airports. Dort wartete bereits die nächste Maschine auf mich. Wie betäubt starrte ich vor mich hin und presste die Tasche fest vor meine Brust. Darin lag Kater Nein, der die letzten Stunden dank einer Reisetablette fest geschlafen hatte. Nun blickte er mich aus großen, dunklen Augen an, als wolle er von mir wissen, wann wir endlich nach Hause gingen. Ich zuckte mit den Schultern. Zuhause. Heimat. Home sweet home. Wo war das? Das wusste doch nur der Geier. Ich für meinen Teil hatte keinen blassen Schimmer, wo ich wirklich hingehörte. Oder ob ich überhaupt irgendwo hingehörte.

Nach einer weiteren Stunde im Flieger öffneten sich endlich die Türen. Ich stieg aus, lief die fahrbare Treppe hinunter, quer über das Rollfeld, auf das Flughafengebäude zu. Beißender Wind schlug mir entgegen, roch klebrig nach Kerosin, und nahm mir die Luft zum Atmen. Ich griff über meine Schulter und zog die Kapuze über meinen Kopf. Reine Gewohnheit. Im Gebäude hinter der großen Glasscheibe wartete winkend meine Familie. Wie Affen im Zoo. Aus reiner Höflichkeit nahm ich schon jetzt die Kopfhörer ab und verstaute sie samt Handy in meinem Rucksack. Schließlich wollte ich meine Mutter nicht gleich beim ersten persönlichen Hallo verärgern. Kaum hatte ich die Tür geöffnet, fiel sie mir auch schon um den Hals.

»Mom! Come on ... you're smothering me.«

Ich schnappte nach Luft und sie führte sich auf, als hätte sie mich ein halbes Jahr nicht gesehen. Genau genommen stimmte das auch. Vor allem deshalb, weil wir trotz moderner Technik kaum gesprochen hatten. Meine Schuld, nicht ihre. Sie hielt mein Gesicht zwischen ihren Händen fest und seufzte. Kein Seufzen, das Freude darüber ausdrückte, dass ich wieder daheim war. Sondern eines, das mir sagte, dass ich immer noch genauso unterkühlt wirkte wie früher. Damit war ich schon wieder bedient.

Zuhause in meinem Zimmer drehte ich den Dimmschalter auf die dunkelste Stufe, faltete mich auf der Couch winzig klein zusammen, zog meine Kapuze tief ins Gesicht und die Tagesdecke über die Nasenspitze. Auf dass die nächtlichen Schatten mich verschlucken würden. Das wäre zumindest die simpelste Lösung gegen die Leere in meinem Kopf und die Kälte in meinen Gliedern gewesen. Selten bekam man das, was man wollte. Obwohl. Man vielleicht schon. Ich aber nicht. Also saß ich eine gefühlte Ewigkeit in der erdrückenden Stille meines Zimmers und wartete. Keine Ahnung auf was. Vermutlich darauf, dass ich die Augen aufschlug, und feststellte, dass die letzten Wochen und meine Heimreise nur ein Traum waren. Ich wollte mir vorgaukeln, genervt von Lukas Klavierspiel aufzuwachen, mit Sirin über ungezogene Stecker zu streiten, mich von Karla zum Joggen zwingen und von Robert beim Zocken besiegen zu lassen. Aber es funktionierte nicht. Kein bisschen. Selbst wenn ich die Augen schloss, konnte ich mir nicht einbilden, woanders zu sein. Erst recht dann nicht, wenn es von außen an meine Zimmertür klopfte. Jess trat ein, ohne eine Antwort abzuwarten, und setzte sich erwartungsvoll neben mich. Ich hob Kater Nein auf meinen Schoß, drückte ihn an mich und kraulte seine Ohren. Dann holte ich Luft und erzählte Jessica unsere Geschichte. Lukas und meine.

Jess starrte mich mit offenem Mund an und ich zog meine Kapuze samt Haarbüschel tief ins Gesicht. Warum? Weil ich schon wieder heulte wie ein Schlosshund. Wütend wischte ich mir die Tränen aus dem Gesicht und gestikulierte wild mit meinen Händen, denn das fiel mir sehr viel leichter, als sinnvolle Sätze zu bilden. Dann zog ich mein Handy aus der Tasche und drehte Jessica das Display zu, das die Küchenschränke meiner ehemaligen WG zeigte.

Danke für alles! Love, Luka
@Matthew: Kümmer dich um den Kater

Ich zupfte Kater Nein leicht am Ohr und atmete tief ein.

»Luka war ...«

Ich hasste, wie meine Stimme zitterte. Ich hasste, dass ich mich nicht zusammenreißen konnte. Und ich hasste noch mehr, dass meine Schwester langsam aber sicher die Samthandschuhe anzog, weil sie checkte, dass ich vor einem Scherbenhaufen saß. Ich zuckte kraftlos mit den Schultern.

»Luka. He was ...«

Ja. Was war Luka? Ein arrogantes Arschloch, ein hinterhältiger Schweinehund. Total krank im Hirn, ein Lügner und Großkotz. Er war der Grund, weswegen Väter ihre Töchter einsperrten, Freundschaften in Rauch aufgingen, und vermutlich war er sogar der Grund dafür, warum Wölfe nachts den Mond anheulten. Bad News. Das war Luka. Ärger folgte ihm wie sein eigener Schatten. Ich hatte ihm innerhalb des letzten halben Jahres mindestens eine Million Mal die Pest an den Hals gewünscht. Mindestens. Ich knirschte mit den Zähnen und Jess schüttelte langsam den Kopf, als hätte sie mir gerade beim Denken zugehört.

»No. He was your best friend, Matt.«

Ja, verdammt! Bei allem, was Luka so gedreht hatte, bei allem, was innerhalb des letzten halben Jahres passiert war und mich fast um den Verstand gebracht hatte, war genau das der Punkt unserer Geschichte. Luka war mein bester Freund. Und nun saß ich wieder hier. Alleine. In Ketten.

~~Danksagung~~

Entschuldigung und Dankeschön – Beides sind Worte, die mir nur selten, und auch dann nur mit äußerster Mühe und enorm viel Unbehagen über die Lippen kommen. Sagen zumindest Leute, die mich kennen. Vermutlich haben sie recht.

Ich versuche es deshalb mit etwas, das zumindest dem Grad der Emotionalität nahe kommt:

J. & E.
I remember.

Mehr von Johannes Wiedlich:

„Ich bin der Punchingball meines Vaters, der Sündenbock meiner Mutter, die Hure meines Dealers und ich habe das alles furchtbar satt!“

Jimmy. Nennt mich so. Der Name ist okay. Oder … klar, ignoriert mich halt. Alles Idioten! Manchmal geht mir die Welt mächtig auf den Zeiger. Wenn man was sagen will, wird einem nicht zugehört. Wenn man in Ruhe gelassen werden will, lassen gleich alle den Hobby-Psychologen raushängen. Offenbar leben die meisten Menschen zwar auf demselben Planeten wie ich, aber nicht in derselben Welt. Oder ich lebe in einer Blase. Mag gut und gerne sein. Also liege ich hier – in meinem Schlafsarg – ignoriere meine Schwester, die an die Tür klopft, weil sie sich mal wieder völlig zu Unrecht Sorgen macht, und frage mich …

Jimmy ist ein junger Erwachsener mit einem ganzen Haufen Probleme. Er fühlt sich verlassen in einer Welt, an der er nur mäßig Interesse hat. Auf der Tagesordnung stehen Alkohol, Drogen und selbstverletzendes Verhalten. Nur wenige Menschen finden noch Zugang zu ihm, doch auch diese schiebt er immer weiter von sich. Und die Abwärtsspirale dreht sich unaufhaltsam fort.

- Ein Jugendroman, der schockiert, aufrüttelt und zu Tränen rührt
- Tabu-Themen aus der Ego-Perspektive: Drogen. Selbstverletzung. Borderline.

Johannes Wiedlich
CHECK
Aufstehen Überleben Schlafengehen
ISBN 978-3-945711-05-7